永遠の10分遅刻　松尾スズキ

目次

まえがき

永遠の10分遅刻。

これは、私、松尾スズキが、そのほぼ10年間にわたる文筆生活の中で、ちまちまとあっちに書いたりこっちに書いたりしたものを寄せて寄せて集めて集めてどうにかこうにか一冊にしたものです。もう、これが乳ならAカップもDカップになろうかという寄せて集め度です。寄せ集め。と略さないでいただきたいのです。寄せて集めた。と。寄せ集め。の間には、なんだか知らないが黒くて深い河が流れておるような気がするのです。

いや、いやいやいや。敬語でごまかしちゃいけない。出してしまったものは仕方ない。言い訳はすまい。俺も男だ。すぱーんといくぜ。たとえば、子猫が冷蔵庫と壁の隙間にはさまってたら、迷わず助けるぜ。男だから。そして子猫と子猫の関係がギクシャクしたりしてたら「まあまあ」ととりなすぜ。大人だから。このように男であり大人である私は、もうね、あっけらかんと開き直っておるわけだ。

いいものもだめなものも平等に載せる。

あくまでそういう姿勢でいこうと。

とにかく今まで書いてきたもので単行本未収録の、ようするに私の机の引き出しの中で眠っているワープロのフロッピーディスクの中でさらにくすぶっているあれやこれやの原稿、そういうものをここで全部一回吐き出してしまおうと。

だってなんだか切ないじゃないか。書きっぱなしって。みなさんもお子さんにもし「ねえ、パパ。どうして松尾はこういう本を出したの?」って聞かれたら、こう答えてほしい。

「だって原稿はね寂しがりやなんだ。だからこうして集めてやるんだよ」「でも、いろんな種類のがあるね。長さもレベルも違うし」

「地球だってそうだろう。いろんな国にいろんな人間が住んでいる。

服を着ている人もいるし、生の肉を食べる人もいる。差別はいけない」「そうか。ぼく達一人一人が宇宙船地球号の乗組員なんだね」「そのとおりさ！」

こうして、この本に対する理解が深まるうえに家族の絆が強まりもするのである。

それにしても読み返してみると私もいろんな仕事をやってきたんだなあとつくづく感心する。この他にも以前は『山と警告』というミニコミを作ってそこに書いたり、ホームページではかれこれ二年にわたって日記を連載している。去年ドカンと出た戯曲も含めると出した本は二十冊になろうか。

書ーいーたーなあ……。

つくづく書いたよ、私は。

そもそも言いたいことなんかなんにもないのに。なんだろう、このエネルギーは。

これらの仕事を敢行するために私の体内に消えていったあまた

の食物よ。焼肉よ。お寿司よ。エビフライよ。ビビンバよ。豆菓子よ。

もうね、合掌ですよ。私は彼らを愛している。

なぜなら彼らがいなけりゃ私は生きていけないからだ。私の愛の定義は「それがなきゃ死んじゃう」ものに捧げられる。その彼らの犠牲によってえられた、この原稿群。もちろん彼らのことも愛している。

愛しているから、寄せて、あげた。

時には急いでワーッと書いた。

時には女と喧嘩しながら書いた。

言いたいことも、ないのに書いた。

なぜなら私は書かなけりゃ、生きていけない人だから。

そんなこんなでいろんな気分の私がいます。

いろんな気分でご賞味ください。

松尾スズキ

フィルムを液体化して
二の腕に注射したい！〈映画編〉

第一章

その言葉、汚穢につき――『アイズ ワイド シャット』

歌舞伎町で酔っ払って終電なくなってしょうがなくてオールナイトの映画でも観ようかってな話になって適当に入った映画館でやってたのがこれだった。

『フルメタル・ジャケット』。

「でも観ようか」じゃないよ！　酔っ払いが観るには凄すぎるよ！　トゥーマァッチ！

ともあれ、あの頃タクシーに乗る経済力がなかったおかげで生涯のベストテンに入るだろう映画に私は出会えた訳だ。冒頭の懐メロっぽい音楽にのせて若者が次々に坊主刈りにされていくシーンでいきなりググッと酔いが醒め瞳孔が開いた。偶然観てしまったいい映画は凄く得した気持ちになる。見る気まんまんで見てしまった葉月里緒菜や桜庭あつこのヌードは凄く損した気持ちになる。

しかし、やられた。十二年前のあの日から何度ビデオで借りて観たことか。それも毎度毎度デブが狂って上官を撃ち殺すまでの前半だけ。大人のデブが苛められるだけで一時間。誰がそんな普通映画にしようと思うだろうか。工夫のない言い方で申し訳ないがキューブリックって凄い。後半のベトコン少女機関銃ぶっ放しシーンももちろん凄いけど、あの前半だけでビデオを止めて、突然ここで映画が終わった、って風に観るとなんだかもっと凄い。ここで終わると凄い、という映画はある。『タイタニック』でケイト・ウィンスレットがレオナルド・ディカプリオにかけられた手錠を斧で切るシーンがあるが、あそこでもし失敗してディカプリオの手首がぶち切れて「ぎゃあああ」なんつっていきなりエンドロールが流れ始めたら、私は『タイタニック』をもっと凄いと思っただろう。『プライベート・ライアン』も、冒頭のノルマンディー上陸作戦のシーンが始まるやいなやアメリカ軍が全滅していきなりエンドマークが出たらかなり凄いと思う。まあ、凄けりゃいいってものでもないので話をもどすが、『フルメタル・ジャケット』は別にデブが切れて終わるわけではないが、そんなふうな「ええっ？　ありかよ？」みたいなルールの無視の凄さを常にはらんだ映画であって、ルール無視と言えば、普通あれだ、大人というものはデブに対して「デブ」とかブスに対して「ブス」とかあからさまに言わない生きものであり、そこにこそなんというか「ＯＴＯＮＡ」というブランドの信頼感がある訳だが、その信頼の屋台骨を唐突に「デーブデブデブ」と上官のセリフが突き崩すというひどいシーンがまずあって、そういったある種の「やっちゃいかんことが公然とやられている」みたいな爽快感がこの映画の前半のヘソなのである。

微笑んでるデブの新兵に向かってとりあえず上官はこう毒突く。

「微笑むな。この微笑みデブ」

グッとくるでしょ。「微笑みデブ」

これに代表される罵詈雑言のボキャブラリーのひき出しをこの上官はなぜかあふれるほどに持っていて、新米たちに次々と繰り出される下劣で幼児的でそれでいて豊饒な罵倒の数々のカラフルさは、もう、グロテスクを通り越してもはや詩的ですらある。

「こら、そこのスキン顔」

「目玉えぐって頭蓋骨マンコするぞ」

「まるで、そびえ立つクソだな」

「パパの精子がシーツに残り、ママの割れ目に残ったカスがおまえだ。このおフェラ豚」

「おまえの醜さは現代美術の醜さだ」

「なんだおまえの口は。吸い込み口か。ボールとかも吸い込むのか。吸い込みホースか」

おもしろいよ。この人。

思えばこの真剣味あふれるくだらないセリフの数々が飛びかうシーンは現在の私にぬぐってもぬぐい切れない影響を与えていると思う。口汚く罵って罵られて人間性が完全に剝奪された場所に、むしろ人間の本来の姿が現れる、みたいな、そういうのは私の作品にもよく出てくるのである。太った俳優を女優が「ぶたぶたぶたぶたぶたぶた」と百回くらい罵って小便漏らして失神するといったシーンとか、客はひいたが、私は好きであって、逆に華やかな授賞式に出た女優が酔っ払ったデブの客に大量のゲロを浴びせられて気が狂う、といったようなシーンも、この映画の影響が濾過されて裏返って出てきたのかもしれない。

しかし、なんと言ってもこの映画の本質を一言で表すのは上官のこのセリフだろう。

「俺は人種差別は許さん。黒豚ユダ豚イタ豚。おまえらは平等に価値がない」

例えば、新井秀樹の『ワールド・イズ・マイン』のモンちゃんは「命は平等に価値がない」とうそぶくが、そういう「それを言っちゃあおしまいよ」みたいな「そこには触れないでえ」みたいなギリギリの価値観をあえて口にすることで自分をさらにギリギリの場所に追い込む、といったクールな表現を十二年も前にすでにやってのけているキューブリックはやっぱり凄いとしか言いようがない。価値がある。なんて思ってるから、概ね人生はつらいのである。あなたも私もおフェラ豚。

それでいいじゃない。

（『アイズ ワイド シャット』パンフレット／1999年）

※これは『アイズ ワイド シャット』のパンフレットに書いた文章なんだけど書いてるのは『フルメタル・ジャケット』についてなんですね。私はニコール・キッドマンのファンなのです。あの背中とお尻の美しさってのは、ただごとじゃありません。その点ではキューブリックと私は共通の趣味を持ってるかも知れません。なにしろ、あの映画、執拗にってくらいキッドマンのバックショット出てくるから。惜しい人を亡くしました。それにしても「汚穢につき」っていうのはパンフレットの製作者が考えたタイトルなんだけど、未だに私、なんと読むのかわかりません。

私のベスト・オブ・深作欣二作品――『暴走パニック大激突』

『暴走パニック大激突』が大好きなんですね、私は。もう八年も前に書いた『神のようにだまして』という芝居があって、いや、若かったんだよな、俺。でも、かなり若さを無駄に持て余してたみたいで、それは、松尾スズキ＝エロ・グロ・ナンセンス＝バカという評価を決定づけた最高の失敗作と言われているわけですが、不評につぐ不評でションボリしている私に唯一「この作品に元気をもらった！」と言ってくれた人がいたのですね。彼は当時日テレのディレクターをやっておった訳ですが、その彼が「そんな松尾さんなら、こんな映画が好きでしょう」と一本のビデオテープを渡してくれたんです。それが『暴走〜』でした。も、すんごかった。乱暴でスケベで愚かでとにかくパワフルで何にもましてくだらない。室田日出男、川谷拓三、出演者全員最初っから最後まで目ぇ開きっぱなし、イーッてしっぱなし。

いやあ、バカでいいんだ。一発で納得。それで私は勇気を持ったのでした。

そんな深作監督が最近私の芝居を観て「演出したい」と言ってくださっていたのを風の噂に聞いたことがありました。実現はしませんでしたが、耳の正月でした。深作監督、いつまでもお元気で。

（映画『バトル・ロワイアル』パンフレット／２００１年）

※これは『バトル・ロワイアル』のパンフレットに書いた奴。試写観せてもらってないのにパンフレット書かされたのは初めてだよ。自分の仕事のやり方にふと疑問を投げ掛けるひととき。

なすすべなき人生をたくましく生きる——『ひかりのまち』

マイケル・ウィンターボトムの考える話はまあおおざっぱに言えば「なすすべのない人々の凄惨な物語」である。『日陰のふたり』。あの救われない夫婦のなすすべなさ。『バタフライ・キス』のなすすべない女同士の友情。『アイ・ウォント・ユー』の移民少年のなすすべなき愛。すべての登場人物が痛くて切なくて、してまたグロテスクで美しくて。そういったカラフルな人生のなすすべなさがウィンターボトムのとっつきにくさであり、かつ「どうしようもねえよ。とりあえず生きようよ」といった頼もしさでもあった。「容赦しねえぞ」みたいな鮮烈なセックスシーンもまた、ある意味頼もしい。

この『ひかりのまち』でも人々は思う様ままならず、なすすべもない。だいたい主人公の女の子が伝言ダイヤルにはまっているというのが、痛い。つづいて、旦那にドタキャンされる妊婦の次姉。別れた旦那に翻弄される長姉。隣の犬に悩まされる母。その母に悩まされる父。嗚呼。人はみなままならない。犬もまた、ままならない。

といって今回どういう心境の変化かままならぬなりに、いつもほど痛くない。痛くもそれが鋭くはない。『ひかりのまち』というタイトルどおり、どこか柔らかく暖かい光が、わずかに一筋さしている。人々のなすすべなさを、少し優しいまなざしで包んでいる。希望もある。

そんなウィンターボトムもわりと悪くない。

（フィガロ／2000年9月15日号）

※ウィンターボトムはその表現の切り立ち度がザックリしすぎてて好き嫌いの分かれる監督でしょう。いたーい映画撮らせたらナンバー・ワンじゃないですか？　一度対談の打診がどっかの配給会社からきたんだけど、びびってほっときました。今だったらやったかも。

無敵のボランティア――『無敵のハンディキャップ』

障害者とプロレス。

並みの人間にはこんなキャッチーなカップリングは思い浮かばない。流行りだとて障害者Jリーグでは、少なくとも二十二人もの障害者を集めなくてはいけないので、ボランティアの人が大変だ。いつの間にかボールのかわりに選手が蹴られている可能性もある。障害者プロ野球だとルールが複雑すぎて何やってんだかわからなくなる。では障害者大相撲はどうか。だめだ。はじめから倒れている人がいるからだ。

やはり障害者にはプロレス。靴下にはソックタッチ。子供の口の周りにはベトベトしたもの。初めから決まっていたのだ。それに気づいた障害者プロレス団体「ドッグレッグス」代表北島行徳は天才である。バカボン以上と言ってよい。

以前、脳性マヒのおいっ子の通う「学校」の運動会に出席したことがある。只笑ってる奴。なんだか怒ってる奴。全く動かない奴。会場はルール無用のアナーキーなムードに包まれていたのだが、百メートル競争の際モンティ・パイソンのコントの様なことが起こった。先生のヨーイ、スタートの声とともに、選手たちが一斉にバラバラの方向に走り出したのだ。会場はどうなったと思います。大爆笑だったのだ。そのままおまえら地球の果てまで行ってタッチして来い。みたいな清々しい気持ちにみんななった。と思う。

そんな清々しさが障害者プロレスにはある。奴らがリングでのた打ち流血する。それだけでいい。私は金を出す。なんならポスターの一枚くらい描いてもいい。おお、ここにボランティア精神を持つ人間が一人誕生したではないか。それだけでも意義のある映画だ。

しかしこの映画は障害者を見る映画ではない。「無敵のボランティア」北島行徳のための映画だ。彼に私は未来型の天使の姿を見た。その愛は同時代の人間にはゴッホ並みに理解されないだろう。頑張って欲しいものだ。しかし頑張り過ぎて総理大臣とかになったら、それはそれでなんか恐いし、頑張った挙句何故か私の兄になったりしたら、なんだかもの凄く嫌だなあとは思う。それでもやはり次に試合があったら、私は必ず行くのだろう。

（DICE／1993年12月10日号）

※『ぴあ』の試写室で編集者にとっつかまってそのまま仕事。『DICE』って雑誌、まだあるのかなあ。北島さんって、尊敬に足る数少ない人物の一人だと思う。文章もうまい！『ラブ＆フリーク』って本はお薦め。けっこう切なくて泣けたりします。

伏せろ！「はめ」にはまる——『ワンダフルライフ』

伏せろ！

のっけから私の苦手な「感動」の匂いがするのである。

舞台は天国と現世の境目のような所。

「あなたは死にました。これからあの世にいく前に人生で最高に幸せだった瞬間を思い出してください。その気持ちを抱いてあなたは昇天するのです」といった状況設定のもと、様々な素人玄人織り交ぜてのインタヴューが非常にリアルな手法で進行してゆくと。これはそんな映画であって、ここで「ん？じゃあ俺はどんな幸福な瞬間を持っていこうか」などと考え始めたらもう監督の思う壺である。なんというかな、ダルマストーブの前でしみじみと昆布茶をすすってほっとするような地味めな感動、「昆布茶感動」の湯槽にあなたは首までヒタヒタと浸り続けるはめになる。そしてきっと大方の人間がその「はめ」にはまる。ファンタジックであり、ある意味ぶっとんだ設定にもかかわらず、すこぶるその辺の感情操作の持っていき方が地に足着いててスムーズで、といっても、それはあざとく計算されたワザではきっとなく、是枝監督自身の身体感覚にしみついた昆布茶感の醸すリアリティーに依るものだと思う。

うちの役者阿部サダヲが出演していることもあり、私の舞台を観に来ていただいた際、是枝監督に一度だけお会いしたのだが、その時しみじみと「いやあ、飽きませんでした……」と言われたのが印象に残っている。「いやあ、おもしろかった」と言われていたら「この人はコーヒー人間！」と思っていたかもしれない。「飽きませんでした……」これが「昆布茶人間」のボキャブラリーである。あと「是枝」という名字も昆布っぽい。私はタイピングがへたで、ワープロで「これだ」と打とうとして「これえだ」と打ってしまうことがよくある。その度「是枝」と変換しておいて「この昆布茶！」と舌打ちしながら取消ボタンを押すのである。

そんなことはどうでもいい。

どうでもよくないのは、小田エリカの尋常でないケナゲさと可愛さと大器感、そして、これは素人と玄人の出演者がガップリヨツになりつつ、フィクションとドキュメンタリーを回転するコインの裏表のごとくめくるめく見せるという難しいことをやろうとしているまさに「虚々実々」の映画なのだが、その虚の部分にも実の部分にもキチンと印を刻んで帰ってきた伊勢谷友介の最先端の演技である。演出家として断言するが伊勢谷の演技は音楽､小説他のメディアで最先端をいくモノと極めて幸せにリンクしている。

とりあえず私も監督の「はめ」にはまった一人だ。「伏せた」にも関わらずである。感動するのは苦手だ。感動した自分に人見知りしてしまうからだ。その反動で「これが地獄だったら」と余計な想像力まで刺激してしまう映画がこれえだ。

「ではあなたの一生で一番恥ずかしかった出来事を思い出してください。あなたはその気持ちを永遠に抱いて……」

とても嫌だ。その地獄だけは。伏せろ！

（東京人／1999年4月号）

※小田エリカが本当によかったです、この映画。でも本人の望むと望まざるとに関わらず、いやがおうにも演技に人間の本質がにじみ出ちゃう女優って、なんかドーンと売れないんです。田中裕子とかもそうだもんなあ。

九〇年代最高のミステリーがついに映画化——『シンプル・プラン』

スカッとするほどスカッとしない映画だ。マジメな弟と、その妻とダメな兄ともっとダメーな友達。

タイトル通りシンプルな人物構成だが、この中の誰に生まれても嬉しくない。つまりハリウッド的な「最後に笑うのは俺」みたいなカタルシスは、この物語からはあらかじめ閉め出されているわけで、ジタバタはするが、誰もなんにもどうにもならないという静けさは、サム・ライミの映画の中ではとっても異色であって、まあ、本当に観るものを恐ろしく鬱色な気分にさせてくれる。

例えば、同じサム・ライミでも『死霊のはらわた』のグロテスク、『キャプテン・スーパーマーケット』のバカバカしさ、『ダークマン』や『クイック・アンド・デッド』のスタイリッシュなアクション、それら全てに共通する俳優たちのオーバーアクト、そういった要素はここには微塵もない。あるのは、盟友コーエン兄弟の『ファーゴ』にちょっと似た北国系の寒々しい空気感。静かなカメラワーク。俳優たちの、抑えた渋めの演技。おおよそ、いままでのライミとはライミが違うのである。だからといってライミファンであるわたくしが、がっかりしたかというと、そうではない。「お、ライミ。しばらく会わんうちにまた大きゅうなって」みたいな、育つのが変に早く感じる親戚の子供的頼もしさがそこにはあった。

「負け」を描けるのは大人になった証拠である。

で、今という時代に我々が抱える問題というのは「勝つか負けるか」なんていう二元論的な話ではなくて「負けを、どう負けるか」といった禅問答みたいなことであるよなと、わたくしはこの映画を観て再確認したのだった。勝者なんつうものは長い目で見るともはやこの時代どこにもいなくて、ええと例えば、この映画にも出てくるけどカラスって最近多いでしょ、都会に妙に。で、生ゴミあさるカラスはまだいいけど、不燃ゴミを一生懸命あさってるカラスの哀しさってあるじゃないですか、ひとつ。まさにそういったブルーなステージの上で、いかに潔くカッコよく負けるかといったようなことが、ここんところのわたくしのテーマなのであって、そういう意味ではこの『シンプル・プラン』はサム・ライミの作品のなかでも非常にコンニチ的仕事といえる。でも、次はスカッとする奴でもいいよ、ライミ、とも思ったわたくしでもある。

（ポパイ／1999年9月10日号）

※これもたまたま試写に行ったら依頼されました。お兄さん役のビリー・ボブ・ソーントンは大好きな役者だが、この役だけかみさんのお父さんに凄く顔が似てて動揺して集中できませんでした。

名作を下ネタでしめくくったセンスに感動する――『101』

鳩よ！　ついに私の映画評が始まった。そして、鳩よ！　よく知らないぞ、映画のことなんて。スティーブン・ブシェーミと河相我聞が似ているくらいのことはわかる。あと、『ファーゴ』で警察署長をやったフランシス・マクドーマンドと、ポンチャック歌謡のイ・パクサが似ている事実を発見したことは私の自慢の一つだ。だが鳩よ！　この程度の知識しか持たない私に連載を頼むなんて、おまえは私がよほど好きなのだね。もちろん、パンくずや豆なども好きなのだね。

さて、おまえと同じく人間でないものが主役の、コメディー映画を二つ観た。ティム・バートンの『マーズ・アタック！』と、ディズニー映画『101』だ。まず結論をいう。「ギャグを作る」という仕事に対する志の高さを「先の尖った系のもの」にたとえると、前者がピラミッドならば、後者はアポロチョコであると。連載記念だ。だめな方を取り上げる。

『101』。ハート・ウォーミングなストーリーは別に嫌いじゃない。しかしあの、床を踏みぬくとか池に落ちるとか、ドリフ系こてこてギャグを一つ一つたるいテンポで説明的に消化してゆくもどかしさ。『ホーム・アローン』とどこが違うんじゃい、と思ったらやっぱりジョン・ヒューズが脚本だった。昔、髪の毛が薄くなり始めた頃、あわてて当時流行っていた中国の高い育毛剤を買った。あれの名前が忌まわしくも忘れられない『101』だった訳で。くさくて、ちょっとも効いてこない。この映画のギャグもおんなじだ。

ギャグにもいろんな種類がある。こう来るぞ、と思わせといて、え？　こうなるの？　みたいな、アイデアで見せる意外性のギャグもあるが、転ぶぞ転ぶぞ、……ほらやっぱり転んだ！　といった、先が見えているのに呼吸やタイミングで笑わせるという、リズミカルな技術を要求されるギャグもある。ジョン・ヒューズ作品には、圧倒的に後者の質のギャグが多いにもかかわらず、転びのタイミングがワンテンポ、日本人の体内リズムよりずれているのだ。ゆえに「ああドリフ、またドリフ」と、救いがたく子供じみた笑いの間の連続に、私はため息のお漬物になっていくのである。ただ、『ホーム・アローン』

でいうと、最後に成長したマコーレー・カルキンがアル中になってフォーカスされるというオチには唯一笑わせてもらった。

鳩よ！　嘘だよ！　あれは映画じゃなくて、カルキン本人のオチだった。

しかし、フォローしたくもないが、感動する瞬間もなくはない。ラスト近く、皮を剝ごうと子犬を追っ掛け回る悪役グレン・クローズの車に、スカンクが隠れる。当然、スカンク屁をこく、クローズくちゃいくちゃいといったオチが用意されていると誰もが思う訳で。そうなると、このギャグのオチは、いつどんなタイミングで、スカンクがクローズに屁をかけるか、みたいなことが重要なポイントになってくると。しかし、これがなかなか屁をこかない。大分たって、馬小屋でのテンポのない地味過ぎるどたばたの末、クローズは肥だめにおっこちて、あえなく御用となる訳だが、ここにきて我々はスカンクの存在を完全に忘れ切っている。で、最終的に警察の護送車の中に悪人が勢揃いした瞬間、彼はどこにいたのか、やっとこさ痛恨の一発を放つのである。これが最後のギャグなのだ。鳩よ！　うんこと屁だよ。

感動した。こんな品のないオチをここまでひっぱって、ディズニーの名作を下ネタでしめくくったジョン・ヒューズのセンス。鳩よ！　これは大女優グレン・クローズがうんこ塗れ屁塗れになる。ただ、そういう映画として記憶されるべき作品なのだった。

（鳩よ！／1997年4月号）

トム・クルーズと国友やすゆき作品の共有するものは何か──
『ザ・エージェント』

鳩よ！　私は前言を撤回することに関しては、他の追随を許さないほどに躊躇しない男だが、早くもこの連載における第一回前言撤回の時が来たようだ。前回『ファーゴ』のフランシス・マクドーマンドが、ポンチャック歌謡の李博士（イ・パクサ）に似ていると公言した私だが、この間、もう「同じ顔！」と叫びたくなるほどにパクサな女優を発見してしまったのだ。名前は忘れたが、牛が飛ぶ映画『ツイスター』で主人公の婚約者である精神科医を演じた女優だ。これがもう、彼女よりパクサなのはパクサだけ、とまで言ってしまいたい似っぷりなのである。パクサを知らない人は、『八十日間世界一周ポンチャック』という、彼がラジカセ片手に世界をめぐるビデオが出ているのでぜひ見てほしい。内容はとにかくせこい！が、せこさをここまでエンタテイメントに仕立てあげる監督のバクシーシ山下とカンパニー松尾の手腕が、鋭く輝く一品ではある。

ごめん鳩よ！　そんなことはどうだっていいのだった。今回私はトム・クルーズ主演の『ザ・エージェント』を観た。そして、鳩よ！　おまえは国友やすゆきというマンガ家を知っているだろうか。知らなくてもドラマ化された『百億の男』くらいは聞き覚えあろう。あれの原作者だ。そう、この映画、モロ国友ワールドだったのだ。

スポーツ界のトップマネージャーがその理想の高潔さゆえ、裏切られ地位を失い女にまで見捨てられ蜂に刺されノッツボにはまる。後半嘘だったが、やがて不屈の根性でどん底からはい上がり、金も女も手に入れるという男臭プンプンたるサクセスストーリーである。スタイリッシュなラブシーンあり、フットボールを題材にしているためアクションもあり。パクサのビデオと正反対の「いかにもマーケティングしてございます」みたいな、「これで売れなかったら、本当おまえ恥ずかしいぞ」的金稼いだる精神あふるるエンタテイメントに仕上がっている。これ、もう、まさに国友の世界。そんなことといったら『カクテル』なんて映画も国友だし、トム・クルーズと国友には、引き付け合う何かがあるようだ。少なくともクとトは共有する二人だし。

しかし、この映画にはそういった国友的派手さ重視のいけいけサクセスストーリーとは、また別の読み方ができるような仕掛けも施してある。

今流行の「アダルトチルドレン」現象。何というか、子供の頃、家庭に問題があり、きちんと「子供」でいられなかった人が、大人になって何らかの依存症を抱えるというアレだ。この映画の場合、トムと最終的に結ばれるレニー・ゼルウィガーがそうだ。彼女はトムの会社の事務員だったが、トムが失脚するやいなや、「彼を守れるのは私だけ」とばかりに会社を辞め彼と運命をともにする。いわゆるダメ男に惚れるタイプ。これが「共依存」である。すなわち、誰かに頼られてないと満たされない。レニーはそういう田中裕子的哀しい性の女のリアリティーを超キュートに演じていた。

そしてトムもまた、ある意味でアダルトチルドレンである。多分子供の頃から優等生を演じ続けてきた男の挫折。順調なときはセクシー女と付き合ってたくせに、挫折したとたんに「依存され好き」女レニーに走る弱さがそれだ。そう、彼らの恋愛は愛情というより、お互いの依存癖から始まった。これは初めはうまく行く訳ないのであって、それを最初から見抜いていたレニーの姉を演じるポニー・ハントのクールな眼差しこそ、この映画の中の「現代病的恋愛」を語る視点なのである。

派手なトレンドと地味なトレンドを手堅く押さえたこの映画。鳩よ！　こんなもん当たらない方が難しいってなものだ。勉強させていただきました。

（鳩よ！／1997年6月号）

追い越した時間がリアルに、今に追いついてくる——

『スター・ウォーズ』《特別篇》

さて、鳩よ！　私のこの連載は、君という「鳩一羽」をターゲットにした、世界に類を見ない映画評みたいなものである訳だが、今回だけは別のものに呼びかけさせてもらう。

高校生の私よ！

君がリアルタイムで激しく感動しながら観た『スター・ウォーズ』を、あれから丁度倍生きた三十四歳の私は今〝仕事〟として観てきたところだ。《特別篇》ということで、なんか、こう、デジタル処理とか、なんだ、いろいろ、素晴らしいのだが、ま、そんなことに感心する以前に、あれを観てた頃の私、つまり君のことがまざまざと目蓋によみがえってきてですね、なんかいても立ってもいられなくなって、こうして呼びかけているという次第だ。

高校生の私よ！

でなくても、私には、君に向かってときどき語りかける癖がある。多分私の一生の中で、一番もてなくて、最も精神的にズタズタな時代とカウントされるであろうあの頃に。なぜか女言葉で喋り、さらになぜか、アイシャドーで目の下に隈を描いて「弱々しさ」を演出していた、あの頃に。勉強が殆どできず、カンニングの技術の向上に血道をあげていたあの頃に。すね毛を気にして悪い脱毛ワックスで足を血だらけにしたあの頃に。そう。意味不明で過剰で不毛な悩みの嵐ばかりが胸に荒れ狂い、でも自殺する勇気すらなかったあの頃に。なぜ、普通に生活していただけなのに、自分はあんなにも「変」だったのだろうかなんて思い出すたび痛々しくて、「落ち着け」「まあ座れ」「大丈夫だから」「マリファナやる？」などと、優しくそう語りかけずにはいられない私なのだ。

高校生の私よ！

よみがえった『スター・ウォーズ』と同時によみがえった記憶の中の君に影響され、青臭いことを言う。過去とは、本当に「過ぎ去ってしまったこと」なのだろうか。過去という時間は人間が作った概念であり、記憶の中で小さくなったり消えてしまったり遠くなってしまったものを過去と呼ぶなら、映画のように十数年を経ても寸分違わず、しかも「素敵」になったりもしながらよみがえる「時間」は、過去でなく、「サブ過去」とでも呼ぶべきものではなかろうか。『スター・ウォーズ』《特別篇》には、いったん追い越してしまった時間がリアルなテクスチャーでもって、今に追いついてくるみたいな感慨がある。例えばハン・ソロは「素敵」になってハリソン・フォードの今に追いついたし。マーク・ハミルなんてルークという過去に易々と追い抜かれているし。レイア姫は関係ないが、昔観ても今観ても不細工だし。

「一瞬は永遠だ」、みたいな考え方がある。ある出来事を、「出来事」として我々が認識できるのは、それが「光」と「音」によって構成されているからであって、だとしたら、映画というものは「出来事」が永遠に、たとえるなら現在が宗猛であるとすれば過去は宗茂のように、今という時間と並走し続ける、つまり生き続けている可能性を知る希少な手段なのかもしれない。

高校生の私よ！　すまん。書いてて訳がわからなくなってきた。だめだ。こんな映画の観方は。仕事だと思って観るから理屈っぽい。君は全てにおいて概ね間違っていたが、映画の観方だけは無邪気で脱力してて正しかった。あの頃のように観なくちゃ。こういう映画は。

高校生の私よ！　三十四歳の私は、私にいつまでも並走してくる君に比べて、余裕綽々だしそこそこもてるし、保護者のような気持ちで励ましもする。だけど、ときには君に学ぶこともある。所詮私は君

から生まれた。今の私は頭こそ薄いが、「高校生の私」《特別篇》でもあるのだから。（鳩よ！／1997年8月号）

唄わなくてもOK野郎たちが一堂にひしめき合う――

『世界中がアイ・ラブ・ユー』

とかく鳩よ！　そして瓜よ！

すまん。鳩である君に呼び掛けたその舌の根も乾かぬうちに瓜に呼び掛けてしまう、昔から集中力のない私である。宇宙の不思議のことを考えていたかと思ったら、ルパンの声は栗貫より俺なのになあと頬杖をつく。心に落ち着きのかけらもない私でもある。しかし、最近そんな私の目をすら釘付けにしてやまないモノがいる。

米良だ。

知ってる？　鳩よ！　米良を。コメヨシじゃない。メラと読む。あの『もののけ姫』のテーマソングを唄っている、とても魅力的な男性歌手である。どう魅力的であるかは具体的にはいいにくいが、あえてあれすれば、そのたたずまいの圧倒的な「テレビ的でなさ」だろう。そんな飲み込みにくい、なんだろう、正露丸五錠のような、カルトなルックスの持ち主が、『もののけ姫』というもう地味な親を納得させる就職としての「公務員」みたいな安全性を持った大看板をバックに、マスコミにそろそろと顔を見せ始めている。彼がブラウン管に顔を出したときの画面の緊張感。これが私を魅了するのだ。そこでは誰もが口にしたい一言、

「もののけは君でしょ?」

が、怨念のように封じこまれ、一種独特の空気を現場全体に醸し出しているのだ。

これは一種のサスペンスである。

テリー伊藤がテレビに顔を出し始めた頃も、この種の緊張感が画面に走ったものだが、米良もテリーのように「お茶の間ありな人」の免罪符を獲得してゆくのであろうか。これからの展開から目が離せない彼なのである。

さて、鳩よ! サスペンスと言えばカラオケである。

カラオケの場にはしばし、「唄わなくてもOKな人」というものが存在する。それは、「歌が下手な人」とは違う。どう表現すればいいのだろう、例えば、ロバート・デ・ニーロは歌を唄わなくてもOKな人だが、歌をやってはいけない人ではないしやればやったでうまそうだけど、でもやらなくても大丈夫、だから唄わない、みたいな状態に近い。つまり現時点の存在感で充分足りてる人は、唄ったりコントをしたり手品をしたりしなくてもOKなのだ。そんな人とカラオケにいったりすると、途端に「この人はいつ何を唄うのだろう」とか「その時我々はいったいどういう反応を見せればいいのだろう」とか、そ

んな張り詰めた緊迫感にボックスは充たされるのである。

悲劇。また、そういう人に限って歌がうまい。なんだかわからないが、歌がうまくなくてもいいのに歌がうまい人がいる空間ほど悲劇的なものはないような気がする。我々は唄わなくてもOKな人が不必要に歌がうまい状態に対する居心地の悪さを、数々の結婚披露宴で体験ずみである。

今回私が観たウディ・アレンの新作『世界中がアイ・ラブ・ユー』はそういった「唄わなくてもOK」野郎たちが一堂にひしめき合うカラオケボックスのようだった。ティム・ロスに、ジュリア・ロバーツに。目が※印のエドワード・ノートンに、いったい誰が「唄ったほうがいいよ」とアドバイスしたがるだろうか。充分「足りてる」奴らばかりである。特にティム・ロスが登場したときなどは、我々は、ああ、この人も唄うのかきっとうまいんだろうなあ、うまくなくてもいいのに、ああ、いつ唄いだすんだいつ、げ、唄った、やっぱりうまい、みたいな、露骨なサスペンスに悔しくもどきどきさせられるのだ。

鳩よ！　これはうまい戦略である。唄わなくてもOKな連中が必ず劇中で唄うというルールを作品に課すことで、客に緊張感を強いる。この映画はミュージカルの仮面を被った新しいサスペンス劇なのだった。と私は思った。


（鳩よ！／１９９７年10月号）

たけしの映画は本当に日本人顔のパラダイスである——
『HANA―BI』

鳩などよ！　鳩っぽいものよ！　そして、鳩らしさよ！　あと、鳩？　よ！

今回は連載始まって以来初めて日本人の映画を取り上げる。よって、日本人の美学としてのアイマイを尊重し、お前への呼び掛けも努めてアイマイなことにしてみた。

私が多くの日本映画を好きになれない理由は、例えばそれは、ライティングのださささであるし、テレビでよく見る顔を金払ってまで見るかと言いたくなるキャスティングの甘さであるし。

ああまたかと思うのが、有名な映像作家への憧れだけで作られた映画。いわゆる「オマージュを捧げる」という奴。

「ホー・シャオ・シェンを彷彿とさせる」

そんな褒められ方して嬉しいか？　そもそも小津安二郎を彷彿とさせてたホー・シャオ・シェンを彷彿とさせてどうする？　ほうふ2だ。訳がわからない。パクるとか、そんな悪意があればまだましなのだろうけど。ただただ彼らは捧げまくっているだけなのである。そして、それでよしとする発想を支えるスタンスが「もはや新しいものは何もない」という後ろ向きな頑固さにあることも、なんだか寂しい。

あと、一番嫌なのが、外人になりたい映画である。妙に静かで文学的なジャポネスクを意識した映画もいやらしいが、形ばかり白人をおっかけているような映画は、本当に困る。美の基準を白人に置くつもりはないが、日本人の顔にある本質的な失敗感のリアリティーを無視して、フィルムだけが外人になりたがっている映画は、間違う。外人になりたがった分だけ日本人の顔は「安く」なるのである。名高達郎が、そして神田正輝が宅麻伸が、フィルムに登場したときの「安さ」というものを、思い浮かべてほしい。

鳩よ！　その点もう本当にたけしの映画は日本人顔のパラダイスなのである。そして、そのコアな部分に鎮座し、この映画のムードを決定しているのも、たけし本人の顔である。もちろん大杉漣の顔もいい。ダンカンに似ている。ダンカンとか渡辺哲とか、亜細亜という場所から一歩も逃げ道がないような顔が、たけしは好きなのだろう。

しかし、最近のたけしの顔は凄い。

笑顔なのに、「笑えてない」というのは凄いし、そのたたずまいはこれが芸人の顔でいいのかと思うくらい恐い。そこに顔をほったらかしておくだけでサスペンスを想像させる顔は、彼とジョー・ペシくらいのものだろう。二人ともコメディーができる点もグレイトだ。

思えばたけしほど顔がころころ変わる人もめずらしい。もちろん最近のは事故によることが大きいのだろうけども、それを差っ引いても余りある変わり方である。漫才ブームの時はまるまるとしたモンゴル顔だったし、その後急激に痩せてかっこよくなったと思ったら、ＳＦ映画の『ＪＭ』に出たらまた太っていた。顔が変わるたびに芸風も微妙に変わる。そして、山を越え谷を越え、彼は孤独なほどに「一つしかない」顔になった。

変わるたびたけしは日本人の顔の根底にある泉のようなものを覗き込んでいた。そんな気がする。その泉からはくめどもつきぬ「ださささ」がわいている。かっこいいとはどういうことかを本質的な部分でわかろうとする人間は、その「ださささ」から目を背けない。

鳩よ！『HANA－BI』は、本質的でかっこよくて孤独な映画だった。つまり、この映画はたけしの顔そのものである。オリジナルな顔を持った作家は、自分の顔を見つめるだけでオリジナルな作品が作れるのである。

彷彿とさせるじゃなくて、される側の人間というものは、そんな顔を自分で作っていくものなのかもしれない。

（鳩よ！／1997年12月号）

遺伝子を持つものにとって普遍的な物語である強さ――『タイタニック』

鳩よ！　なんか変なもの落っこってないか？

ごめん。最近あまりの忙しさに、ついよくわからないことを口走ってしまう私だ。今日も朝まで脚本を書いて、昼から夜十時まで芝居の稽古、その後、なぜかNHK教育の取材が家にきて深夜一時。やっと、この原稿を書いている。疲れが私の中の何かの境界線を超えて、体質が変わった。雪のようにフケが出る。

「なんか変なもの落っこってないか?」

最近、久々に大好きなリドリー・スコットの『ブレードランナー』を観たら、街頭のシーンの度にこの日本語がひっきりなしに聞こえてくることに初めて気がついた。それ以来、何かにつけこの言葉が頭の中にこだまするのだ。疲れたときは特に出現頻度が高い。しかし、なんなんだろう、なんか変なものって。確かに『ブレードランナー』の世界には、変なものがいっぱい落ちてそうではあるが。タイガーバームとか。中華三昧とか。

それはともかく、かつてリドリー・スコットに一歩も引けをとらないエイリアンの続編を撮ったジェームス・キャメロンの新作『タイタニック』だ。

三時間である。全然、OKだ。腹をくくって素直な芝居をしているディカプリオが潔いし、『乙女の祈り』で大注目していたケイト・ウィンスレットが、うまく勝ち気でおっぱい垂れてて、若いんだか老けてんだか、とにかくよろしい。何より油断すれば果てなく太りゆくであろう体付きが危うくデブすれすれの体型を綱渡りしている様は、ドラマとは関係ない場所で美貌と脂肪のせめぎあいをタイトにサスペンスしていて、限りなくせつない。

なんか変なもの落っこってないか？　落っこっててもかまわん。今年多分映画はこれで見納めだが、変なアート系映画観て「芸術だからつまらない方がありがたいのだ」みたいな納得を無理矢理するような、淋しい年の瀬にならなくてラッキーだった。貧しい若者と上流階級のお嬢様の恋、嫉妬に狂う女の婚約者。定石といえばあまりに定石な人物設定ではあるが。

ではあるが、鳩よ！　ここで唐突に私はこの映画と『ジュラシック・パーク』の共鳴点に目を奪われるのだった。

ケイトの婚約者は超大金持ちで、容姿もそこそこによく、快くは思われてないままにも、最大級のダイヤモンドのプレゼントを用意しいの、豪華客船の一等室に屈強なガードマンを置き半ば彼女を監禁状態にしいのと、もう、ここで俺の精子が彼女の中に注入されいで、なんの男の人生かといった、生殖状況としてはパーフェクトな状態を準備しておきながら、ど貧乏な絵描きに針の目のような隙をつかれ、スコーンと女を寝取られてしまうのである。

これすなわち『ジュラシック・パーク』で、悪魔顔ジェフ・ゴールドブラムが唱えたカオス理論である。ここでわかるのは、生き物というものは、どんな苛酷なシチュエーションでも「やる奴はやる」ということだ。かの恐竜映画でも、ありとあらゆる手段を講じた科学的管理の隙をついて、恐竜たちは、生々しく繁殖したではないか。

貴種同志ばかりが狭い場所で生殖を重ねていては、生物の種としての力は弱まる。「野」から、思いもよらぬハプニングを利用し、ちゃっかり者がお姫さまを寝取り、たくましい血が混ざることによって、生命体というものは生き残るパワーを培って行くものだ。これは、遺伝子を持つものにとって普遍的な物語。すなわち、神話である。だからこの映画は強いのだ。

鳩よ！　どんな恋愛でも油断は禁物。そういうことをここから学ばねば、私のようにしょっちゅう女を寝取られてしまうはめになるのであった。

（鳩よ！／1998年2月号）

物凄いマントグッとくる笑顔……でも納得いかない――『スポーン』

鳩よ鳩よ！　呼び掛けにくいが、今回から呼び掛けは、二度ずつだ。

もうすぐこの連載をやめる。

『噂の真相』で中森明夫に『HANA－BI』の回のやつをほめられ、自分を美少女だと勘違いして図にのって？　そうじゃない。もともと私はしまおまほ以上の美少女なので、そんなことではびくともしない。

歯のカスをとろうとしてシャープペンシルでいじっていたら、芯が折れてカスも芯もとれないという最悪の事態に陥ったから？　いや、確かに今陥っているのだが、それも違う。芯は、いつかとれる。とれなきゃ、泣く。「松尾さんも『鳩よ！』に小説書いてみませんか？　いっぺん書き出してしまえば、すらすらっと書けてしまうもんだよ」編集長の甘い言葉にのせられて、「わかりました。今年中に書きます」約束してしまった私なのだ。同じ雑誌に連載二本はちときつい。よって自動的にこっちが終わってしまうという訳だ。すまない。鳩よ鳩よ！

「二度ずつ」はせめてもの私からの心尽くしだと思ってほしい。

そして、こうやってだらだらとなかなか本題に入らない時の私の状態というものをお前は知っているはずだ。そう、「観た映画が期待を下回っていたことよのう」そういう「詠嘆調」な状態に他ならない。

『スポーン』だ。いや、わかっている。期待が強すぎたのだ。好きな所は決して少なくない。

何よりあの物凄いマントがいい。どんな映画を探してもどんなマンガを探しても、あれほどでかく、そして美しくも悪魔的なマントをはおったヒーローは見当たらないだろう。マントの翻り方だけで七分は持ち、その後のトリッキーな飛び方でも十分はもつ映画だ。

最近のダークなヒーロー物は主人公が「アイデンティティー」を求めて彷徨ったりするのが定番だが、『スポーン』も例に漏れず、陰謀により失われた自分を取り戻すため、こ汚い町を彷徨する。その彷徨い方もいい。この映画の中で一番好きな部分かもしれない。スペインの傑作B級ホラー『ビースト・獣の日』の神父も、誰も信じない世界崩壊の日を阻止するために虚しく彷徨うが、「彷徨い系」というようなキャラクターのジャンルってものが映画の中にはあると思う。『スポーン』は、苦みばしったこくのある彷徨いを「これでもか、まだ彷徨うか」と見せてくれることにおいて、本年度彷徨いナンバーワン候補だろう。何しろ全身火傷のケロイドに覆われ、なおかつ体から変な鎖を無意識に出したり入れたりしながら彷徨うのだ。なんだかわからないが自分を見失っているにもほどがある。

最近私が一推しのジョン・レグイザモが道化役で超悪乗り演技をしているのもいい。特にあのワタリガニを思わせるニヤニヤ笑顔は、私の生理にデロデロと絡み付いてなんだかグッとくるものがある。笑顔がワタリガニを思わせるといえば、日本では映画監督の飯田譲治であるが、レグイザモは確かに飯田譲治に似ている。でも、デブのメイクをしたら、ゲーム作家の飯野賢治にも似ている。カニと〝飯〟に似ている。そんなもの、この世ではレグイザモとカニ炒飯くらいのものだろう。

鳩よ鳩よ！ そのような素晴らしい点が多々ありながら、やはり納得いかないものが大きすぎるのだ。後半のクライマックスが全てCGっていうのは私には辛い。あれじゃ、プレイステーションだよ。CGに出番を奪われた役者の未来というものをおもんぱかってやまなさ過ぎて「プレイステーションだからいいのだ」とは開き直れない。

もっと〝肉〟の可能性を信じたい。

私もまだまだ「演劇人」なことよのお。そう詠嘆するのを許してほしい。

（鳩よ！／1998年4月号）

現実とはそれだけの話が連続したもの――『A』

鳩よ！　おまえともなかなかに長い付き合いになる。私の本業は「演劇」であるからして、文章の仕事は、いわば、バイトだ。正直言って昔から私はバイトというものが三ヵ月以上続いたためしがない。店長に好かれるタイプではないからだ。このバイトが一年以上続いているのは、おまえが店長ではなく鳩だったからだと思う。

さて、親しくなったおまえにそろそろ私の特徴を知ってほしい。親しいものに自分の住所や特徴や父親の名前を伝えることは決して悪くない。

私は「何か」と「何か」が似ている、といったようなことを発見するのが得意だ。例えばデ・ニーロが監督した『ブロンクス物語』のボス役チャズ・パルミンテリと奥田民生は似ている。ついでに言えば同映画の主役の少年は監督にクリソツだ。『すべてをあなたに』のトム・ハンクスしかり、俳優が監督すると自分に似ている役者を主人公に据えたがる傾向にある。似たものを見付けて何かがどうなる訳ではない。只、おもしろいなと、それだけの話だ。

しかし「それだけの話」のおもしろさを言葉で人に伝えるのは難しい。

私のもう一つの特徴にドキュメンタリー映像が好き、というのがある。

私は俳優のワークショップもやっていて、その際、役者たちにドキュメンタリーのビデオを見せ、市井の人々、つまり演技の訓練をしてない人間というものがどんな言葉をしゃべり、どんな動きをするかを観察させ、演じてもらっている。そうすることによって、リアルな人間の言葉は殆ど論理性に欠け流暢でなく、また動きの一つ一つに特に意味がある訳もなく、なんとなくやってしまっていることが多い、みたいなこと、つまり「人間の言葉と身体の本質」は概ね「意味がない」という事実を具体的に理解するのが目的だ。

そんな訳で「教材」としてドキュメンタリーの映像を収集するうちすっかり私はドキュメンタリー好きになってしまった。古くは原一男の『ゆきゆきて、神軍』、新しくは『幻の光』の是枝監督のテレビドキュメンタリーで記憶が断続的になくなる人を追っ掛けた奴。そういうビデオが手に入ると、もう、浮き浮きしてしまう。人はグロテスクで間抜けであり、笑えるがそれでいて感動的だ。だからどうとかいうことではない。それだけの話だ。鳩はどうだ?

私の大好きな、数年前フジテレビで放映された小人プロレスのドキュメンタリーを演出した人が監督した『A』を観た。上祐なき後オウム真理教の広報部長に就任した荒木さんを中心に主のいない教団の現在を記録したもので、公安の唖然とするほどヤクザな逮捕のやり口とか、安易に見れない光景が詰まっており、非常に興味深いものだった。

中でも麻原の三女が記者会見でどうにもこうにも間違った尊大ぶりを発揮している際、隣で困り切っている荒木さんの表情と、会見の放送を見ながら「私、毅然としてたね」とか悦に入っている三女の様子は、馬鹿馬鹿しくてかなりいい。「そういえばオウム真理教って、事件の前は麻原の選挙とか歌とか、かなり漫画な奴らだったぞ」みたいなことも思い出す。漫画な奴らが漫画のままリアルと呼ばれる世界に牙を剝いた。あれはそういう事件だった。ギャグ漫画が劇画になり、最後に四コマ漫画になった。乱暴だがそんな感じがする。

ドキュメンタリーを観ていると、「ドラマ」というものは人間の心の中にしかなく、現実とは「それだけの話」が連続したものである。という当然が、ダイナミックにわかる。そこに意味はない。「それだけの話」は「それだけの話」として鑑賞すべきだ。

荒木さんを観ていてなぜかドロンズの立場に君は似ている、そう思った。

顔はジャッキー・チェンにも似ている。

それだけの話だ。

（鳩よ！／1998年6月号）

ついに最終回　鳩よ！　思えば私もプロになった――『アナスタシア』

長い間鳩やときには瓜にまで呼び掛けてきたが鳩よ！　ついに最終回である。そして、とうとう私の小説が始まってしまう。この連載は隔月で一回四枚半であるが、小説は毎月二十枚。で、この雑誌の原稿料は一枚八千円だから二十枚で十六万円。隔月三万ちょっとVS毎月十六万。そのとおり、金が欲しかった。家賃が、きついんだ。

しかし書けるんだろうか。実はもう書き始めているのだが、六十枚書いてもまだ前書きが終わらない。やっちゃいかんことをやっているような気がする。

いつでもおまえに呼び掛けなおす姿勢を見せておいた方がよさそうだ。

なにしろおまえとの仕事は楽しかった。只で映画を観てちゃっちゃと書いてお金までもらえて、夢のようでそして泥棒のような仕事だ。もう殆ど夢泥棒。地方のスナックだ。試写会場では様々な有名人を目撃するのも楽しみの一つだった。おすぎ、田中小実昌、そして、おすぎ、あと田中小実昌。ああ。試写室、華やかな世界。

試写だけ観て何らかの理由で取り上げられなかった映画もある。今日は最後だ。そういうのを供養してみたい。

例えば、第一回で『101』をやったときは、同時期に観た『マーズ・アタック!』とどちらにするか、かなり迷った。本当は『101』なんて品のないドタバタ映画どうでもよかったが、『マーズ・アタック!』は逆に趣味が合いすぎて書けなかったのだ。突っ込みようがない。とにかく私的にはパーフェクトなものであって一言「好き」という以外何も思い浮かばなかったのである。試写ではなくビデオをわざわざ送ってもらったにもかかわらず書けなかったものもある。『悪魔のいけにえ』ニュープリント版である。これも昔観て非常にショックを受けたもので、思い入れ深い作品だったのだが、白状しよう、付き合っていた女と一緒に観ようとしたら女が恐がり過ぎて途中で観るのを断念し、何となくそのままにしてしまったのだ。その後私は太った。そういう罰で許して欲しい。『エイリアン4』はむごい話だったがおもしろかった。でも次の日観た『スポーン』にも捨てがたいむごさがあり、迷った挙げ句『スポーン』の方が圧倒的に売れないだろうなという予測の元、わずかでもお役に立てればと書かせていただいた。最近書かなかったイギリスのこれまたむごくきつく哀しく美しい映画『バタフライ・キス』(むごいのしか観てないのか)。これは実は私が次に演劇にしようと思っていた話の内容と映画のテイストが似ていたため「影響受けた」と思われるのは癪だなあと遠慮した。しかし癪だなあと思うということは、もちろん何がしかの影響は受けたに決まっているのであった。

と、まあこんな風に映画自体のできに「書いた」「書かない」の差はそれほどある訳ではない。元々映画そのものに思い入れなどない私だ。思い入れがなければないほどガンガン書く。鳩よ! 思えば私もプロになったものだ。

さて、最後に人一倍思い入れのない映画『アナスタシア』について書く。

いや、おもしろかったですけどね。あれだけ複雑な話を九十分強にまとめた脚本とか? 場面ごとに異様にテンション高い画作りとか? 観る価値がないなんてもちろん言わない。

だけど、悪役が最初っからお化けというのがいただけない。何で主人公をラスプーチンがあんなに恨んでるのか書き込まれてないので『ノートルダムの鐘』の悪役の立体感というかカラフルさ加減に遠く及ばない。二時間かけてもいいから魔法でごまかさずそこん所のリアリティーをはっきりさせてほしかったと思う私なのである。

鳩よ！　最後の最後でやっと批評らしきものを書いてみた。書いてみたがなーんか普通のことしか書けなかった。

（鳩よ！／1998年8月号）

※毎回「鳩」にむかって映画を語るという、二ヵ月に一回『鳩よ！』で連載していた映画評。思えばこの本はロッキング・オン社の編集者で「文章もったいないお化け」の兵庫が「この連載おもしろいのに眠らせとくのもったいないですよお！」といったことから始まったのだった。この頃から物凄くいそがしくなり、試写にいくのも大変で、後半は映画のチョイスがかなり乱暴になってきているのは否めないのだった。

まるのり君
松尾スズキ
転校の巻
今日越して来たまるのり君だ。さ、みんなにあいさつしなさい
はい
アメリカ・ハーレム地区
ヘイメーン
FACK
よろしくお願いします
ファッキン
まるのり君どこに行ってたんだい？このクラスのみんなにあいさつするんだよ
はい
香港・クーロン地区
よろしくお願いします
カーッペッ
転校早々冒険好きのまるのり君・次回はどうかな？

ちょっといい話
No.1 バッタ君
by.松尾スズキ
僕はバッタさ でも人間に 憧れてるんだ
あの子供に化けてやれ
じゃーん 手術であの子の顔に整形だァ!
うーむ どっから見てもにんげーーん!
鏡
あの子のお母さんだな! ママー晩ご飯なーに?
トントン トントン
ピョーン
ドス

第二章

どの面さげて批評して〈評論編〉

松尾の選ぶNo.1広告――爆弾広告に捧ぐ

私と芹明香さんをキャスティングした英断において三郎日記の「プチダノン」でいきたい所ですが、私も大人、そうそう俺が俺がとも言っていられないので、安さ爆発の「さくらや」とさせていただきます。爆発と言えばカメラ屋のCMは古来爆発するものと決まっておりまして、ヨドバシカメラのテーマソングを歌うポップラーという謎の歌手も爆発してましたし、ビックカメラの「こんな時代やさけ安売るで」の人々も爆発です。しかし、こんな時代とはどんな時代かと考え始めると、不気味な読み方もできるCMではありましょう。ビックカメラが私が書いた爆発ドラマ『演歌なアイツは夜ごと不条理《パンク》な夢をみる』のスポンサーだった事もさもありなん。カメラ屋と言えば謎のセンスと爆発なのでした。

しかし「さくらや」のやらしい所は自分で言っときながらわざと爆発しないし、センスもきちんとしてるという点にあります。小津っぽい、という言葉でかたづけてはいけません。淡々としながらどこかグロテスクなのは、監督の意図と乾電池の役者さん達が舞台でふまえてきた歴史とでも言うべき空気が影響しあって出来あがったオリジナル世界だと、私はふんでます。遊びに終わらず、ちゃんと商品について言及している事についても大人を感じるし、謎の落とし穴に落とされる事もなく、何回見ても結構笑える。だから「さくらや」。

（i-D JAPAN／1992年9月号）

※これちょっとよく覚えてないんだけど、その年のCMの中からベストを選べって話だったと思う。『i-D　JAPAN』って誌名が涙をそそります。

現代、最後の「冒険」は北朝鮮にある。悲しい話に今日も腹が減るのであった――

『北朝鮮　秘密集会の夜――留学生が明かす〝素顔〟の祖国』（李　英和）書評

冒険だよなあ。ズルズルー。

下北沢のカルディで買ったインスタントの冷麺をかっ込みながら、この原稿を書いている。なにしろ、北朝鮮関係の本を読んでいると、やみくもに腹が減ってきてしょうがない。

この百三十円の冷麺ですら、今の深刻な北朝鮮の食糧事情であれすると、ごちそう度の高い食べ物なはずで、それほどに、かの国の人達は腹が減っている。北朝鮮本に感情移入し始めると、その腹減り感がこちらに伝染し、キムチしか入れないインスタント冷麺でも、なんだか「ありがたみ」が増してお得な気分さ。

冒険があるよなあ。この世界。

たいがいなことが「誰かがすでにやったこと」である現在において、「腹が減った」「さぁどうする」という根源的大問題にのみ、冒険の可能性は残されているのではないか。というか、そういうみみっちいところからしか、現代の冒険は立ち上がっていかないのではないか。よくわからんが、そう思う。

ゆえに、北朝鮮の政治や経済がボロボロになっていけばいくほど、北朝鮮は冒険に満ち満ちて面白い、という皮肉な状況が生まれるわけだ。

おっと、つい「ボロボロ」と書いたが、北朝鮮〝側〟から発せられる情報では、かの地は、程度の差こそあれ、概ね「うらやまぬもののない地上の楽園」というようなことになっている。

でもな。普通照れるぞ。自分のことさ、そういう風に言うの。『北朝鮮 秘密集会の夜』は、在日朝鮮人三世である著者の、八ヶ月に及ぶ北朝鮮留学体験記である。数ある〝祖国摘発モノ〟の中でも、書いた本人が亡命者であるとかダイハードな状況になってない分ソフトだが、冷静な感じのツッコミにユーモアがあって、入門編としてはお薦めの一冊だ。

この本を読むと、著者の祖国が「つっこまずにいられないマジボケの楽園」であることが、よおくわかる。もはや経済の悪化は極限に達し、実際上の権力者金正日を本気であがめる庶民など殆どいないそうな。だが、表だって彼を批判すると、政治犯とされてただちに収容所送り。

だから庶民は金正日のマジボケ政治に対して、悲痛にもボケ返す。つまり、ありがたがって見せるのだ。つらいボケだ。

筆者は、自らを神格化する作業に膨大な労力を費やす金正日を「他にやることがあるだろう」と一蹴し、返す刀で彼らの金科玉条である〝主体思想〟をようするに「なせばなる、なさねばならぬ何事も」という精神論じゃねえかと切り捨てる。こういう国ではツッコミすらも冒険だ。祖国に親戚のいる筆者にすれば、かなりの勇気のいることだろう。

空腹の縦軸、ツッコミの横軸。この本には二つの種類の、みみっちくも頼もしい「冒険」が、確かにあるのだった。

（CLIQUE／1994年7月5日号）

※これは私が初めて連載というものをやった『Hanako』の初代担当黒瀬氏の持ってきたお仕事。渋い選択だね。北朝鮮本。基本的にあんまり書評ってむいてないと思うんだけど。
なぜかというと本あんま読まないから。

大将の本だから——『「笑」ほど素敵な商売はない』（萩本欽一）書評

萩本欽一。その名を聞くとき、なぜか、私を含めた「笑い」に関する仕事に従事するものたちは、困って、笑う。

「大将か……」。詠嘆する。「ああ、ねえ……」。遠くを見つめる。力なく「なんでそうなるの」、そうつぶやいてみたりもする。

大将の、「笑い」へのしつこいチャレンジ精神が、痛くて、余りある過去の栄光が、まぶしくもあって、人は限りなく複雑な気持ちを、ため息してしまうのだ。

一度、ビデオ作品を撮る機会があって、私はその中で、欽ちゃんに深く傾倒する演出家を演じた。彼の劇団の俳優は演技のはしばしに、ことごとく、「欽ちゃんぽさ」を要求される。「どうしてそうなの?」そんなセリフは、「どうしてそーゆーことするのかなっ?」といった具合になおされる。その際「かなっ」の部分で、腰が砕け散るほど飛び上がらなければならないのはもちろんだ。

その演出家が、バイブルのごとく肌身離さず持ち歩いているのが、萩本欽一入魂のお笑い指南書『「笑」ほど素敵な商売はない』なのだった。本といえば、風呂で読んだり(風呂本)、ラーメン屋で読んだり(汁本)、とにかく苛酷な扱いをするタイプの私が、「笑」の横にわざわざ「しょう」と、鉛筆でルビを振るほどの愛着ぶりで、どこに行くのにも離せない、といったような按配である。

読んでない。

ここまで書いてみて、ふと気が付いたのだが、私、この本、小道具に使用しただけで読んだ訳じゃなかった。

いいのか? いいのだ。いいでしょう? 世の中には、持っているだけでいい本みたいなものは、確かにある。ような気がする。

「笑い」の人間ならば、持っていたいじゃないか。大将の本。「笑い」の人間なら、読まなくてもいいじゃないか。大将の本。その、何というか、複雑な距離感が、現在の我々と「大将」との距離でもあるのだった。

読まずに思った。

（頓智／1996年5月号）

※『頓智』！ これも合掌ですねえ。だいたい読んでない本の書評を書いていいのか。メチャクチャですな。でも、ところどころは読んでいて、大将って人はやっぱり凄いんだ、と正直思った（実は「よっ！ 大将みっけ」という欽ちゃんが最後にやったゴールデンの番組でナレーションを担当していたことがある私なのだった）。

My Favorite Art Book──『DEAD SCENES』書評

こええ！ この写真集そうとう、恐いです！ タイトルのまんま。どこめくってもどこめくっても、白人が死んでます。交通事故、火事、殺人、自殺、要するに「現場」の写真。うわっ。内臓出てます。新鮮なやつ、血みどろです。日が経ったやつ、むくんでます。やめてっ。むくんでます。やめてっ。むくまないでっ。これ、俺の彼女のアメリカ土産です。喜ぶと思ったんだよな、俺が。俺、まあそんな風に見られてもしかたないような仕事ぶりではあるけども。うわ、ひどいなこりゃ。子供、切り刻まれてまーす。あと、こげてまーす。でもなんか、顔笑ってまーす。あーあ。笑うなよ、こげて。でも、なんか、白人て、死んでもかっこいいね。大変だよ白人は、死んでも気ぃ抜けなくて。タイの死体写真なんか見ると、もう剝き出しだもの。「いかにも死んでござる」みたいな。比べて白人、死んでも主張。いいね。あと、これ、『異形の愛』のキャスリン・ダンが、文章書いてるんだけど、英語なので読めません。誰か訳してー。うわぁ。しかしやばいよこれは。夢見るよ。ごめん。一般人のようなコメントしかなくて。よく言われる。悪かったな。俺、大嫌い。最近なんか流行ってる、あの「悪趣味ぶりっ子」。いやらしいんだよ。あの、逆選民意識。この本見て、普通に「うわ」とか「こええ」とか言える人だけに、俺特製のカレーをごちそうする準備がある。ぶりっ子め。そんなに悪ぶりたきゃ、口の端にうんこつけて町を練り歩くがいいのさ! ふん! 終わりっ!

（スタジオ・ボイス／1996年11月号）

※『スタジオ・ボイス』ともけっこう長いお付き合いなんですね。いっちばん最初に商業誌に原稿書いたのが『スタジオ・ボイス』じゃなかろうか。しかし、読むとこ少ないね相変わらず。

ま、それはいいんだけど（よかあないんだろうけど）、この文章読んだBUZZの初代編集長が「松尾でいこう」ってなって「この日本人に学びたい」という連載がスタートしたんですね。それが今の「同姓同名小説」って連載までつながっているわけで、かれこれ5年くらいかな。それ考えると短いわりに燃費のいい文章ですね。

『男女7人夏物語』の中に、キムさんがいる。それが、リアルってこと――『ピュア』テレビ評

言ってもしょうがないことなのだが、どうしても言いたいことがある。

和久井映見、もっと頑張ってほしかった。

いや。わかっているのだ。『ピュア』の知的障害者演技。テレビだもの。あれが限界ってことぐらいわかってますよ、そりゃ、こっちだって大人なんだから。

でも、本物は、もっと百パーセント無自覚な表情してるけど。

だからむし返すなよ、私。彼女の事務所だって十分冒険してる訳だし。『マイ・レフトフット』のダニエル・デイ・ルイスみたいに、ま、あれは、脳性小児マヒだけど、完璧なコピーをやっちゃったら、まずいでしょ。ファン、ひくもの。

でも、「ひくほどやる」、それがむしろ、「誠実」ってもんじゃなかろうか。

だから、やめろって、私。いくら和久井映見が、「誠実」な芝居したって、今度は、スタッフが止めに入るでしょうに。

「ちょ、ちょ、映見さん、それ、やりすぎ……」「えっ？　でも、私、こういう芝居で嘘つくの、かえって卑怯だと思うんです。私、リアルにやりたいです」

「勘弁してくださいよ。この企画通すだけで、どれだけ苦労したことか。そこまでやっちゃ、編成になんて言われることやら……」

そうなのだ。私もわかる、その気持ち。私にもたまに、テレビドラマの企画の話がくるのだが、出す企画出す企画、おもしろいようにボツになる。なぜかというと、私の考える物語には、障害者や、マイノリティー等、マスコミの自主規制の対象にひっかかりやすいキャラクターが否応なしに顔を出すからなのである。

よく誤解されるのだが、これは、私が差別ネタが大好きだからという訳では、断固として、ない。違う。全然違う！　クワガタとカブトムシほどに違う！　文句のある奴は、今すぐ裏のクヌギ林に来い。ルーペを持って、動きやすい格好でな。そのさい、私語をつつしめ。

いやそんなことはどうでもよくて。これはもう、私は昔っから言っていることなのだ。テレビドラマには、脇役でかまわないから、身障者やマイノリティーの人々を登場させるべきだと。だって、実際「いる」のにドラマの中には「いない」ことになってるなんて、それこそ不自然極まりないことで。『男女7人夏物語』の中に、キムさんがいる。それが、リアルってことなんだから。

そういう意味で、『ピュア』、頑張ってほしいと、そして「道」をつけてほしいと、思ってはいるのである。今まで自主規制で、登場させえなかった類の人々を堂々と出すことができるようになれば、それはもう、どん詰まりにきていた「フィクション」の幅も、ぐんと広がる。何でも、「次のテーマは在日だ」

と、にらんでいるプロデューサーもいるらしいではないか。そうかそうか、じゃ、そろそろ、私にも出番がまわってくるのかも知れない。待ってます。スケジュール空けて。

でもね。別に私はマスコミの自主規制を否定している訳ではないのだ。只それを「量やる。闇雲にやる」みたいな時代は、いい加減終わっていいと思う。思うし、実際、自主規制は「質」「方向性」の時代に入ってきているからこそ、『ピュア』が成立し、「在日やろう」なんて発想も出てくるのだろうし。だけども、もう一歩、と思うのは、その扱いだよな。主人公にして、綺麗綺麗に語ってるうちは、まだ彼らは、「色もの」ってことではないか。何というか、甘い。

彼ら、日常の風景の中に、劇的にではなく、別に意味なくいる訳じゃない？　在日外国人たちなんて、もう、笑っちゃうくらいいるじゃない？　その何でもなさ、それが見たい。

彼らが、意味なく、通行人とかの役でブラウン管を通り過ぎるようになるとき、初めてドラマは、「健康」を取り戻すのかも知れないし、それは、意外と遠い未来のことではない、とも思いたい私なのである。私のように「嘘のつけない」作家は、そういう未来をつくってくしかないのだから。

（FIVE／1996年4月号）

※これはなんかWOWOWが出すっていう本に書いたんです。『ピュア』ったってもう、覚えてないでしょ。私も覚えてないですもん。

エリオット、その人生――『I・Q～インテリジェント・キューブ』ゲーム評

夢に出るよ、これは。

『テトリス』は別格として、『ぷよぷよ』のなーんか知らないあいだにボコボコ黒いのが落ちてきて負けてく感じや、『コラムス』のこの世の終わりか？　みたいな悲しすぎる音楽とかどうもだめで、どっちかつうとパズルゲーは遠慮してきた小生ではある。しかし、なんかこの『I・Q』の悪夢的なビジュアルセンスにはピンと来るものがあって、買ってみたら案の定はまって、案の定夢に出た。

あの、巨大なおつまみマグロッツナのようなキューブが暗黒のなか、のしのしと攻めて来やがるのだ。それにしてもシブいね！　何もパズルゲームなんだから、ここまでシブくなくてもよさそうなものを、『I・Q』は、ドス暗い見た目も、そして地獄の責め苦のような世界観もシブ系のズッシリ感に満ちていてすこぶる大人っぽい。とくにビジュアル的にはなんというか、〝茶室に耐える〟ほどの落ち着きっぷりが、頑固職人の仕事を思わせ、感動的ですらある。

ともあれ、このゲームの成功はやはり無機的な印象のパズルゲームのなかに、逃げ惑う主人公エリオット（なんでエリオットなのかは謎だ）を投げ込んで、押し寄せるキューブに潰されたり、暗黒の果てなき空間におっこちたりの危機を盛り込むことによって、アクションゲーム的な色合いをミックスしている点に尽きると思う。そうすることによって、我々は、あの哀愁感あふれるたぶんくたびれているだ

ろうはずの通勤シャツのエリオット（しかし、なんでエリオット？）三十五歳（個人的推定）に、並々ならぬ感情移入を強いられるのである。

とくにひとつの難関をクリアーしたあと、情け容赦なくせり上がってくるキューブの波に転がされて、「オウ……！」なんつってのびてるエリオット（しつこいが、なぜ？　そして、エリオットを三百六十度つぶさに眺めることができるだけの〝プレーヤー〟というコマンドは、なんのために？）の姿には、上から押さえつけられ、下からは突き上げられる中間管理職のサラリーマンの皆様がたは、涙せずにはいられないのではなかろうか。

いやあ、人生ですよ、このゲームは。と言い切ってしまうのは制作者の意図にまんまとはまりすぎなわけだが、小生はまだ五面までしか進んでないこのゲーム、最終面をクリアーした暁には、ちょっとは救いのあるエンディングを期待したいものではある。

ともかく現在の小生の「『バイオハザード2』よ、早く出ろ」の気持ちを一瞬でも忘れさせたこの一品は、なかなか偉い奴なのでは、とひとりごちる夕暮れなのだった。

（ファミ通PS／1997年4月4日号）

※一番ゲームにはまってた時期なんです。よくできたゲームだったなあれ、ほんと。

厳然たるオナニーマンガ——山本直樹・漫画評

私が山本さんのファンであることは、口はばかることなき事実である。この人見知りな私が、あるミニコミの企画で初対面の人間と対談を望んだ唯一の人なのだから。名作『ありがとう』の主人公のお父さんのモデルが、状況劇場の元スター役者大久保鷹であることを、瞬時に見破った私でもあるし。

それにしても、山本さんのマンガのエロは、男側のエロなのだろうか女側なのだろうか。

エッチなマンガというものは、男だけが好んで読むものだみたいな、そんな男側の幻想はレディスコミックの素晴らしいまでの隆盛によって無残にも打ち砕かれた。女もエロマンガに欲情する。女のオナニーの謎は普遍的な男のロマンであるが、オナニーすなわち愛の介在しない肉欲を、男は女に認めたくない生きものなのである。

例えば、今私と付き合っている女の人も山本さんのファンなのだが、彼女はどうも山本さんのマンガでオナニーをしやがっているそうで。彼女に言わせると、読んでセックスしたくなるマンガとオナニーしたくなるマンガは違うらしい。セックスしたくなるのは安彦麻理絵さんとかやまだないとさんのマンガで、山本さんのは厳然たるオナニーマンガなのだそうだ。関係ないが、なぜか三人とも私の知り合いである。

そこにどういう違いがあるのか、女の性のモロモロにうとい私にはわからないが、一つ言えるのは、セックスしたくなるなら私にも多少利点があるが、オナニーされても「なんにもならない」ということだ。

山本さんは私の彼女にふれることなくエロ気分にさせるという、エロの遠隔操作、エロ界の苫米地的離れ業をやっているのである。ナイーブな顔してそういうことをちゃんと自覚しているのだろうか。たく、人の女を。

でも応援してます。頑張ってください。

（鳩よ！／1997年7月号）

※山本直樹さんとはミニコミ誌をやっていたとき一度インタヴューさせてもらって以来のお付き合い。才能ある人だよね、つくづく。なぜか俺の周りの人、山本さんのファンがすごく多いのな。

嗚呼、サントラ慕情——

『マイ・フェア・レディ〜オリジナル・サウンドトラック新盤』CD評

最近なかなかスタンダードになりえる映画のサントラにお目にかかれない。貴兄はどう思われるか？

スタンダードというのはあれである。喫茶店とか歯医者とかジャスコとかで、やすーい感じにアレンジされて我々の無意識に流れこんでくる『エデンの東』とか『ロミオとジュリエット』とか、タイトルは知らなくてもどこかで聞いたことはあるだろう、そういうたぐいのいわゆる「名曲」のことだ。

今でこそレンタルビデオで好きな映画など何度も見なおすことができるし、それがぼくの重要な趣味の一つなのでもあるが、思い起こせば中学高校の頃、ぼく達映画少年にとって「家で映画を観る」なんてことは、もうSFの世界だった訳で。じゃあ、家にテイクアウトできる映画的な情報はといえば、それはもう圧倒的にパンフレットとサントラ盤しかなかったのですね。

だから本当にそういうのをぼく達は大事に読んで大事に聴いたのだ。映画そのものは絶望的に家では味わえないから、映画のなんというか残り香を楽しむ。貧乏たらしいといえば貧乏たらしいが、豊かであると言い切ってしまえるなら言ってみたっていいじゃないかという居直りもある。

サントラはとくに、リバイバル上映でもなければもはや観られそうもない昔の名画を、「音を聴いて想像」して楽しむという新たな貧乏たらしさをぼくに与えてくれた。当時のサントラ名曲大全集みたいなのを金持ちの友達から借りてきては、『七人の侍』を『王様と私』を『アラビアのロレンス』を、ぼくは聴きながらあれこれと想像し、時に勝手に感動し、時になぜだかニヤニヤしたものだ。

みみっちい。そして、気持ち悪い。

気持ち悪いといえば当時ぼくはオードリー・ヘップバーンが大好きで、『マイ・フェア・レディ』がテレビで放映されたときには受験の最中でテレビ禁止状態だったからそれはまあ焦ったものなのです。で、苦肉の策として兄貴のカセットを借りて番組を最初から最後まで録音！してもらった。それを本当にもう私は、馬鹿なのかってくらい繰り返し聴いていたのですよ。一晩中、吹き替えのドラマ部分も含めて。いまだに全曲歌えるもの、鼻歌で。いやだなあ、『マイ・フェア・レディ』全曲鼻歌で暗唱している三十五歳。でも、あまりにも想像の中で映像やヘップバーンが凄いことになっていたから大人になってビデオでやっとこさ観たときには、なんだかしょぼくれてしまったのであったけれど。

昔の映画のサントラがスタンダードになっていく過程には、そうした映画少年たちのせこくて涙ぐましい努力が著しく加担していると睨んでいるぼくなのだが、貴兄はどう思われようか？ ビデオが普及し始めた辺りからサントラでジャスコに流れるようなものが出ていないような気がする。ジャスコに流れることの善し悪しはともかく、まったくジャスコで流れること無く消えてゆく音楽も、少しだけ寂しいなあと思うぼくなのであった。

（東京人／1998年4月号）

※『マイ・フェア・レディ』はついにDVDまで買っちゃいました。なんのかんの言ってトラッドな俺。

ロメロのゾンビに喰われたい――『バイオハザード』ゲーム評

そもそも『Dの食卓』がやりたくて買ったプレイステーションではある。だけど、軽ーく吹っとんだね。ロメロ系ゾンビ大量出演の『バイオハザード』の前には。いや、たしかに『D』も凄い。主人公が喰われるときの「チョップ。チョップ……」という咀嚼音等、かなり大人っぽいエグさを随所に演出してくれて、見た目プロレスラーの癖にうれしい奴ではある、飯野賢治は。でもごめん。私はドラキュラよりもゾンビに食われたい男なのだ。それも、ロメロの。

思えば、ジョージ・A・ロメロの不朽の名作『ゾンビ』を観たあの日から、ゾンビに追いつけ追い越せの日々を送ってきた私なのだ。何をどうすれば追い越せるのかわからないままにだ。『ナイト・オブ・リビング・デッド』のモノクローム映像に漂うシンプルでアート感すら香る静かな怖さ。後に特殊メイクアーティストのトム・サビーニ（『フロム・ダスク・ティル・ドーン』に出演もしているエキセントリックなおっさん）もリメイクしたが、それもなかなかよかった。そしてSF色が強く出た『ゾンビ2』の乾いた終末感。

はっきり言ってロメロの映画で本当に面白いのは、このゾンビ三部作だけかもしれない。だが、彼の創り上げた実にゾンビゾンビしたゾンビ像が、後のゾンビ映画にどれだけ影響を与えたことか。

①無自覚

②無抵抗
③のろい
ロメロが提案したこの「ゾンビ三大長所」は、アシモフの「ロボット三原則」に匹敵するくらいの普遍性をもはや獲得している。他に「噛まれた者もゾンビになる」や、「アーアー言う」などの要素もゾンビの法則の一つであるが、前者はドラキュラもそうだし、後者にいたっては大抵のクリーチャーはアーアー言ったりするのであって、やはり先の三つこそが、「いかにも」なゾンビたる必須条件であると断言したい私なのだ。

『バイオハザード』に登場するゾンビどもも、私が愛してやまないロメロ系ゾンビの三大長所をきちんと踏襲していてくれて、誠に頼もしい腐った兄ィたちなのである。

たとえば①の、ゾンビの無自覚性。ゾンビは誰にも悪意を抱いていない。ただ、目の前にいる人間に食欲がわくだけである。これは怖い。ロメロの映画同様、このゲームの兄ィたちも、片腕とれてる奴、フルチンの奴、寝ながらはいずってる奴等、元人間というプライドかなぐり捨てて、小リス以下の知性でアーアーと我々を襲ってきてくれる。余計なものはない。襲うものと襲われるものの〝純〟な関係性が、潔くも寒い恐怖を与えてくれるのだ。
②の無抵抗な感じもいい。我々だって襲ってみたい。脳を破壊されるまでは攻撃を意に介さない気のいい兄ィ。撃たれても撃たれてもすり寄ってくるその姿は、古き良き時代のいじめられっ子を彷彿とさ

せ、我々を一瞬、郷愁の旅へといざなうのである。

そして何より③の「のろさ」。これはかなり重要だ。確かにゲーム後半になると、腐った犬とか訳のわからない半魚人ぽい奴とか、スピーディーなクリーチャーが「まだいるか、まだいるか」といった按配で登場し、それはそれでスリルのあるシューティングが楽しめる。が、正統派ゾンビファンなら、やはり前半ののろのろゾンビを存分に堪能したい。ゾンビ映画が他の恐怖映画と違うのは、あんなにのろのろだうだ動いていたゾンビどもに、主人公たちはいつの間にか包囲され、そしてやられてしまうというイライラ感が、限りなく不条理なムードを醸している点にある。そして、このゲームでは正にその不条理を我が身のことと体感できるのだ。ゆっくり食われてゆく。あの感じは、後半の「慌ただしい兄ィ」にドカドカやられる怖さとは違った、なんと言うか、「なんでこんなゆっくりな奴にやられるねーん?」という疑問と、「やられてる時間が長いー」という怖さが入り混じった、独特な「やられ世界」の恐怖を我々に味わわせてくれるのである。『バタリアン』みたいに速いゾンビもたまにはいいが、やはりゾンビとのバトルと京都の旅くらいは、しみじみしたい三十路過ぎの私なのである。

最後に言っておくが、私はこの原稿のためにゾンビ好きを名乗っている訳では決してない。芝居を始めて十年になるが、私の代表作は未だに「日本でゾンビが繁殖したらどうなるか」をテーマに作った『愛の罰』という作品だったりするのである。現在その芝居の再演中なのだが、あのシェイクスピア翁の威光輝くグローブ座に、ノロノロ動く兄ィ達をうろうろさせるという快挙をついに成し遂げた私なのだ。

筋金入りのゾンビ好き演劇人。別に威張れた話ではないが、ちょっとくらい胸をはってみたい気がするのも事実なのである。

（別冊宝島／315号）

※『バイオハザード』につられてドリキャスを買ってもうた私。な、泣いてないやい。でもゾンビのこと書くとなぜかいきいきしてる自分が好き。

私は「コレ」でチャンネルを変えました！――特集「よいこの広告」

バラエティー番組である。

なんかやらかしそうな素人の子ども。

なんかやらかしそうな素人の中年。

そういうのが出てきて司会者が適当なつっこみを入れそこそこの笑いをとる。

まではいい。

問題は、その受けに図に乗った彼らが、必要以上におもしろいことをやりだそうとする瞬間である。

「あいたたた！」私は〇・二秒でテレビのスイッチを消す。

見たくないものが三つある。

道に誰かが吐いたゲロを食べている猫。

川に吐いた唾にたかるメダカ。

そして、人間がやらかしてまう瞬間である。

この「やらかしてまう」とは、単純に「おもしろいことをやろうとして失敗し、なにもしない状態よりもだめーな感じにしてしまう」状態のことを言っている。

テレビに出ている「やらかしそう」な奴を瞬時に見分ける動物的勘というのがやたらと私は鋭い。長年役者志望の人間たちを見て培われた能力だと思う。役者というのは隙を見ればやらかそうとする連中だ。

で、さっきわざわざ素人の子どもと素人の中年と書いたのは、彼らの場合「やらかした」と「おいしかった」の境界線がわりとアバウトな瞬間が多いので（素人的には痛いが、司会者的にはおいしい、とか）やらかしているにもかかわらず編集されずに放映されてしまうという悲劇がママあるからである。

若者やプロはなぜかそのへんクッキリしている。すべったら寒い。寒いことは何より痛い。そういうことが本人たちにもよーくわかっているからか。よくタレントがカメラに向かって指を蟹にしてチョキンチョキンとしていることがあるでしょ。あれは「ここ寒いから編集で切っといて」ということなのだ。

まあプロの中にも「半分素人扱い」状態でいじられているものもある。たとえば江守徹。おもしろいんだけど、時々調子に乗って、やらかす。私は〇・一秒でチャンネルを変える。江守徹が出てきただけでもうリモコンに手が伸びているので対応は素早い。

さて、若くてプロである岸谷五郎と中居正広だ。

やらかしてもうてくれてるよ、『スーパーホップス』のCMは。

とにかくあのCMの場合、二人はおろかそれに関わっている代理店を含めたスタッフが全員一丸となってやらかしてまいまくっているのがタチが悪い。あれを見るたびわたしは「いいよ、わかった、もう、CMで笑かそうとしなくっても」とCM業界自体の笑いに対する役目に引退勧告をしたくなってしまうのだ。

誰でも思うことだろうが、てめえで「笑い」を入れるなよ。恥ずかしい。

二人がハマグリを焼く競争をしている。中居が勝った。「ゲラゲラゲラ」

中居がサウナにいる。外で岸谷が『スーパーホップス』を飲んでいる。中居がたまらず出ていく。

「ゲラゲラゲラ……」

白痴か。

いや、甘えだと思う。笑い声入れる手間があるんだったらちゃんとギャグにしろよ。あれ、笑い声さえ入ってなけりゃ「あ、寒い」ってことにすら気づかないのに。あの笑いを入れたがゆえの「ギャグらしきものになってしまったもの」を見たくないがために、いちいち毎回チャンネルを変えなきゃならないわたしのような「やらかし敏感肌」の人間の立場はどうしてくれるのだ。

『スーパーホップス』のせいだろうか、今ではCMに岸谷が出てくるたびに「やらかしてるっ」と過剰反応するようになってしまった。

「♪いただきまーす、北海道」

さむっ！

いや、別に寒くないにもかかわらずだ。

困る。もう『スーパーホップス』そのものがビールの「やらかした奴」なのにこれ以上やらかさなくてもいいじゃない。あ、でも、そういえば初めて『スーパーホップス』を飲んだ時、わたし、別にギャグじゃないのに笑ったか。

「なに、これ？……ゲラゲラゲラ」

『スーパーホップス』って、なーんかおいしくないよね。


（別冊宝島／430号）

※CMの人もいっぱいお金もらってるんだからタレントに頼らず、自分でちゃんと笑いを考えましょう、という話。『別冊宝島』二連ちゃんですな。

なんか生まれて、なんか死ぬ。それが現実──

『ボーン・トゥ・ダイ』(井上三太) 漫画評

三太ってのがいいですね。

本名じゃないんでしょうね。サンタクロースからとったのかしら。だったら嫌なサンタだなとは思うけど多分思い付きなんでしょうね。「そんなしょぼい語呂合わせするわけないでしょ」ってなもので。思い付き。世に起こる全てのアクションは衝動と思い付きによってのみされるものなのである。てことがわかりますね。『ボーン・トゥ・ダイ』読むと。

この人に見えている世界ってのは、きっとそういうものなんでしょうね。そして世界自体、まあ、そんな風なあんばいになって来ているし、だから、きっと井上三太はかなり正しく今というものを見つめていられる人なのだろうと思う。正しく見つめようとすると大抵の人がもう、いやあな気持ちになりますから。

いい加減な思い付きと衝動みたいな犯罪増えてます。あの広島で養子が愛人である義父(ややこしい)を車で眠らせて路上で燃やしちゃった奴とか、去年末のあのOL眠らせて凍死させちゃった奴とか、いや、もうほんと、コンセプト弱くていい加減。そんなドラマ性のないチャランポランな理由で人は死ぬってなことにはなってなかったと思う。いや、死ぬんですな。人は、なんか、生まれて、なんか、死ぬ。

それが今、ってことじゃなく、現実。リアル。そう、昔からそうだったんだけど、認めたくなかっただけで、せーので認めちゃいましょうよ。って言い出したのが井上三太ってこと。

まだ『隣人13号』には、〃理由〃って奴があったように思う。復讐というテーマが。だから売れた。『ボーン・トゥ・ダイ』はどうでしょう。行き当たりばったりなのね、全てが。無知と私利私欲と日々の鬱屈となーんかたるい日常と、そういったものがタペストリーのごとく絡まり合って生まれる大惨事。非常にそういうところに今を、「ドラマに対する大義名分」なき今を描く勇気っていうの？　そういうものを感じる。早い。早い作家だ。

あと、全てが中途半端ね。なんかたるいんでうやむやに逃げちゃう警官とか、暴走族がおばさんの頭ぶっとばす過程とか、まあ、逆ギレって奴なのだろうけど、暴力にいたる手続きというのが非常にいい加減。そこにセンスを感じる。タランティーノの『ジャッキー・ブラウン』でデ・ニーロが無意味に女をぶっ殺すシーンとかまさにそう。あそこだけ面白かった。

スピード感、不条理、存在の間抜け、命の軽さ。どれをとっても今最先端のマンガだと思う。

（メンズウォーカー／1999年6月8日号）

※「メンズウォーカー」…。あったねえ。

「いつか読む本」現代的で、恐い本——『夢のなか』（宮崎勤）書評

そもそも本をあまり読まない。小説など年に一冊読めばいいほうだ。こんな私なのに、実をいうと二本も小説の連載を抱えている。こんな作家他にもいるのかな、と時折不安にかられるが、実際本読んでるよりゲームやってる方が楽しいし、漢字なんて知らなくても勝手にワープロが変換してくれるし。本読まなくても申し訳ないけど作家にはとりあえずなれる。セックスしてなくても「付き合ってる」とカウントできる女もいるのだから、本読んでなくても「作家」とカウントできる男もいたっていい訳だ。何が「訳だ」なのかわからないが、それでもまあ、たまには文化人面して本も読みたい。温泉行って浴衣着て中上健次全巻読破、とかいいかもしれない。

いわゆる、形から入ってみたい読書もある。

宮崎勤の『夢のなか』（創出版）。これは、しかし、かなり読めない。宮崎勤本人の手による本だ。何度もチャレンジするのだが、読み始めるとウッとなる要素が多い。残酷なシーンがある訳ではない。「縮まったおじいさんが出てくる」とか、オタクとは何かと聞かれて「アウトドア感覚の人」とか、どうにも飲み込みにくい脱力系の言葉の数々にウッとなるのだ。この本の巻末で宮崎本人が読者に出版企画のお知らせをしているのだが、そのタイトルが『投書ワイワイ』であり、内容は「アニメやコミックの中に見つけたおもしろおかしい話（ばうな話）を送ろう」なのである。ウッ。と思うでしょ。思ってなん

だか本を閉じてしまうのだ。人食っといて『投書ワイワイ』。私がこの本にウッとなるのは『投書ワイワイ』と「幼児食い」が同じ地平に存在する飲み込みにくさなのだと思う。「幼児食い」はドラマチックだ。でもその背景が薄っぺらでチープであるほどに、この本は現代的であり、恐い。いつかちゃんと読むのかな、と思うが、この本ばかりはどう形から入っていいかわからない。

（週刊文春／1999年10月28日号）

※どうして人は本を読んでない私に書評の仕事をふるのでしょう。神はいったい私に何をさせようとしているのか……。そんな大げさなもんじゃないっていうの。

凶眼、でこっぱち、クリーミィな色彩の子供たち――

『SLASH WITH A KNIFE』（奈良美智）書評

路上にて「『ナラヨシトモ』の画集の書評やりませんか？」と事務所から携帯に電話があり、世事に疎い私はちと考え込んだ。

「待って。今、下北沢にいるから本屋行って見てくる。好きだったらやる」って、行って、見てすぐにわかった。凶眼。でこっぱち。そしてクリーミィな色彩の子供の表紙。「あ、これ見たことある。そうか美智って女だと思ってた。ていうか、女の子の絵だって。そうか。ヨシトモなのね。この絵好き。やる。

というかやらせてもらいます」

しかし実際本を手にとりページをめくり、いきなりへこんだ。

凶眼。でこっぱち。そしてクリーミィな色彩の子供たち。どのページをめくってもそれしか出てこない。同じ。同じ。またこいつ。や、そうか、どうも一発で「これ!」ってわかったのは、この人マジでこの子供、これだけなんだ。あ痛、困った。

「この子供たちの眼差しからは現代［いま］を生きる子供たちの、見つめるあてのない視線の切実な痛みが伝わってくる。それはそのまま作者の原風景にある痛みなのであろう。これはもはやペインティングではない。ペイン・ティングである」

もう少し小賢ければそんなありがちな言葉でお茶を濁して逃げてただろう。しかし、ここまで不器用な本にそんな小賢さは通用しない。にしてもスタイルの統一というものが画家にあるのは当然だが、モチーフまで徹底して同じというのも珍しい。ただひたすらそればかり。

以前漫画家の根本敬さんに、どうしてまたあなたは精子の話「ばかり」しか描かないのかと聞いたことを思い出す。「だって精子がおもしろくてまだ卵子に手が回らないんですよ」そういうことかしら。「おもしろ」終わってないのかな、この子たちのこと。四年前の美術手帖に奈良美智が出ているというので試しに見てみる。……凶眼。でこっぱち。クリーミ……。ガーン! 全然変わってない。自分で自分のお経の写経をしてるような。いや恐いです。でも笑えます。

もしかしたら奈良美智は人類の一人一人にこの嫌な子供をお届けし、面倒を見させようという野望があるのではないか。じゃあ、ウォーホルみたいに版画で大量生産すりゃいいじゃん。って、知らないんだよこの人。そんな賢いこと知りたくないんだよ。センスはひたすらお洒落なのに、そこんとこだけ地に足着いてるというか、間抜けな悪意というか、「同じに見えるでしょ?　それは君が『大人』になっちゃったからなのよ」といういぢわるもほの見える。いいですね。いぢわるな本ですね。

うん。後五年はこの子一本で行ってほしい。彼の不器用ないぢわるの行方を私は見てみたい。

（週刊文春／1999年2月11日号）

※は、初めて『週刊文春』から仕事が。なんか大人としてやっと認めてもらった気がしました。ものも画集だったのでノビノビ書かせていただきました。

やっぱりゾンビが好き。ああっ、好き――『ザ・ハウス・オブ・ザ・デッド2』ゲーム評

バーン！　ぎゃあ！　ドガッ！　ぐえっ！

単純でいいね。ガンシューティングは。

とにかくまあ歳とともに根気がなくなってきてあんまり手のこんだゲームができなくなってきているというのはあります、今の私には。『宇宙戦艦ヤマト』とかも懐かしさに負けて買ったけどなんか複雑でよくわかんなくて、テーマソング聞いたらもう満足つう感じでちょっと途中で投げちゃった。まあ、もうね、私も大人だから、むしろ子供に返りたい訳ですよ。ゲームやってるときくらい。そんなねえ、大人脳をゲームごときですり減らしたくありませんよ。

『シーマン』！　あれね、この締切りまでに入手できたらぜひやってみたかったんだけど。簡単そうだし。なにしろ俺の知り合いにすごく似てるんだわ、あのひと。でも、あれもなんだか意外や結構難しいという話を聞いて、ううむと思っとる塩梅なのですわ。池の水を抜いて卵を産ませるテクニックとか、そういう手のこんだあれが必要らしいのよ、やってる人に聞くと。

で、『ディノクライシス』ね。買いましたよ。だってあの『バイオハザード』チームっすよ。買いますよそりゃ。『バイオハザード』の行くところ女便所にだってついてゆきますよ。ドリキャスだってあれの特別編が出るっていうから、あせってまだ高い時に買ったんだから。その後、急に値下げしてすげえむかついたけど。でも、あれ、『ディノクライシス』、だめでしたわ私。なんかIDカードとかコードナンバーとかコンピュータ関係のクイズっていうの？　引っ掛け問題っていうの？　そういうのばっか出てきてなかなかこう、『バイオ～』のゾンビみたいにダイナミックにクリーチャーがわらわらと取り囲んでくんないのよ。「もっとちやほやしてよ！」って言いたいのね。「今日は私のお誕生日なんだから！」って言いたいですよ。『バイオ〜』には、そう、みんながみんな（ゾンビだけど）私に注目してくれてるっていうお誕生日感がありましたですねえ。

いや、でも、ま、それはそれとして、あれなのかな。やっぱゾンビが好きなのかな俺は。初めてゲーセンで『ザ・ハウス・オブ・ザ・デッド』観たとき。「これよ！　これこれ！　俺がやりたかったのは！」って、手に持ってた針金ほうり投げたものな。なんでそんとき針金持ってたか未だに謎なんだけどそれはおいといての話ですよ。まあ、次から次へときったないのが来るわ来るわ。撃ったときのゾンビの体の打ち壊れ方も半端じゃない。ブワ！　ドキャ！　ゲボ！　ドベ！　死なないったらありゃしない。『バイオ〜』とかだとゾンビは頭を撃ちゃ大概の奴は死ぬんだけど、『ハウス〜』のゾンビは死なんのですわ、これが。頭三回くらい撃って脳味噌ぶちまけてんのにまだ襲ってくる。斧投げてきたりして。しつこさがおもしろいね。サターンにアーケードの移植版が出たときは物凄く心動かされたけど、その頃にはゲーセンでエンディングまで行っちゃったんで、ほんと、買わないでよかったわ、サターン。まあ、サターン一台買う分くらいはつぎこんじゃってた訳だけれども。セガはなあ、もう、ころころハード変えすぎ！　何回セガ系のハード買い替えたと思ってんのよ。メガCDなんて今、小銭入れに使ってるからね俺は。復讐として。でもま、負けた。結果的には。『バイオ〜』も出るっていうし（本当なんだろな、これ。どうもゲーム業界はガセネタが多くていけませんよ。そういえばセガってガセの反対）。で、あの白いガンコンがまたいかしてるでしょ。あとま私も忙しい身になってきて、なかなかね、ゲーセンに足を運ぶのも辛くなって来ているお年頃ではあるし。そんなこんなでガンコン込みで、買っちゃいました。ドリキャス。そう、ドリキャスで初めてやったゲームが『ザ・ハウス・オブ・ザ・デッド2』なのです。

CMも良かったね。ゾンビの側から見た世界観っていうの。ゾンビが自宅から『ザ・ハウス・オブ・ザ・デッド2』の世界にイヤイヤ出ていってやられる奴。あれ考えた人はセンスいい。凄く。しかし、やったはいいけど、んで、ムービーもちょっと『セブン』意識してるのかかっこよくておもしろいけど(音楽も迫力！ ヘッドフォン付けてやると相当恐い)むつかしいね。気合い入ると一般人パンパン撃っちゃうし。子供撃つとめちゃブルーになるし。特にボスキャラ退治。最初のボスキャラなんか憎らしいのな。ちっちゃくて「人生相談でプライバシーを守るために声を変えました」みたいな声して嘲笑いやがってえれえむかつく。

そうそう。なんでこれゲーセンでクリアできたかっていうと、二人でやってたからなのな。ドリキャスでこれ二人でやるにはガンコンもう一個買わにゃならんしな。ドリキャスがさらにおもしろいガンシューティングもの出してくれるんなら買ってもいいけれど。なかなかに迷うところなのですわ。でもやっぱ俺ゾンビ好きなのな、きっと。なかなか飽きないもの、ゾンビなら撃ってよし食われてよしな俺なのな。もっとゾンビ出せよ、あるところにはあるんだろ？ つう感じな。逃げた嫁の実家に酔っぱらって行ってドア叩いて「こら！ 信子！ いるのわかってんだぞ、出てこい！」みたいな、そんな気持ちでこれからもゲーム業界に「ゾンビ出せこら！」と言い続けたい私なんですわ。

（ゲームウォッチ！／1999年VOL.2）

※ほんとにゾンビのときの俺はいきいきしているよ。これを書いたときの俺に今会いたいもの。元気づけてほしいもの。

「なんか読ませる」という力――『SHOP自分』（柳沢きみお）漫画評

とくにおもしろい訳ではないのに雑誌をめくると一番最初に読んでしまうマンガがある。というか、むしろ力作というのは後回しにしたいもので、なんだかとりあえず読んどこうという奴があるのですな。まあ、女に会う前にスケベ心にジャブとしてちょっと読んでおくエロ本みたいな。そういった意味合いで「まず読んどく」にピッタリというのが柳沢きみおの漫画の特徴なのだと思う。

特にこの『SHOP自分』てのはなんなのだろう。読みますね、一番に。連続ものというのはとりあえず、前の週の話を思い出すのにちと「んっ」といった感じで頭をひねらなければならないのだが、そういう体力を使わせずに「フワッ」と入っていけるぬるさがいい按配なのだ。もちろん、柳沢きみおの漫画の常として「進みがのろい」というのがあるのだが、にしても、うまい。この店今回はどうなってるのだ。流行の育成シミュレーションゲームのように「ちょこっとした変化」が毎回楽しみで、つい最初に覗いてしまうのだ。で、覗いてみて「やっぱりそれほどおもしろくない」んだけど、なんか次も一番に読んでしまう。

凄くおもしろい訳ではないのに毎回読ませるというのは、実は一番凄いことなのかもしれない。

（週刊ポスト／２０００年4月28日号）

※柳沢きみおのマンガの人みたいに飯食って「ひゃあああ、うめえ！」、ビール飲んで「くうう。しあわせ！」、女抱いて「こ、これが女子高生の体か！」。……そんなふうな人生に凄く憧れます。

アンケート「ねこぢるの魅力はなんですか？」

悪者もいい人も平等にひどい目に遭う、その世界観に共感を覚えます。個人的にはインド旅行に行ったやつが好きです。マリファナのトリップの表現は、かつてないほどリアルで魅力的でした。達観と絶望の混在するサマは、まさに今、という感じ。

（文藝／２０００年ＳＵＭＭＥＲ）

※それにしても人はなんで私がねこぢる好きと思うのでしょう。ていうか、こんな文章まで載せるんですねえ。まったく兵庫って奴は…。

なんて幸福な顔なんでしょう――奥菜恵について

なんなんでしょうね。ほとんどあれはモジリアーニの彫刻とかですね、シャガールの絵とかですね、そういったものと並んで一緒に美術館に展示してもよいような、芸術品と呼べる美しさを持っておるお顔だちですねと思うのですよ、実際の話。んで、ほんとうをいうと世界で一番美しい顔は私の妻の顔なわけなのですがね、いや、真剣にいってるんですがね。妻は美術館の監視員てな仕事をやっていてですね、考えるのは、「オキメグの顔が展示された美術館の監視員を我が妻がやる」っての、どう? これは凄い、凄い美術館ですよ。美術品と監視員がタイマンはってるわけですから。

他のことほめましょう。

うーん、まずね。素直だね。ほんと一生懸命人のいうことを聞こうとする、その真摯な眼差しに心打たれて私は自分が何をいってるのかわからなくなるときが、まま、あります。

でも、なんつってもあれですよ。舞台を楽しんでくれてる。それにつきるなあ。全身で芝居を楽しもうとしてる。これはキャスティングしたものの冥利につきる訳で。私と付き合ったことをきっかけにもっともっと舞台を好きになってくれれば、また、松尾はひとまずしめしめとほくそ笑みつつ「またね」と手を振れるわけなのでありますね。

（婦人公論／2000年7月7日号）

※一見オキメグ讃歌のふりをしながら妻への点数稼ぎになっているところがミソです。

松尾スズキ
スポーツ大将
松尾さん僕のスポーツ新聞
返して下さい
スポーツ新聞?
着てるじゃない
着てるって?
ガサッ
あ
ガサガサ
着てた
大仁田
なべおさみ
スポーツ大将
完

パーマン2号
松尾スズキ
面接試験まであと1時間か…
どうやってヒマを潰すかな
〈一時間後〉
うわーー
変なパーマをあてちゃったぁ!
こんな頭じゃ就職はムリだぁ
せめてこの経験を人生に生かそう
はみだしYOUとPIA
私のパーマは失敗です。
8mmはシアタートップスで9月13日から上映!
完

松尾スズキ
ちょっといい話2
ちょっと
あなた
なんだい
おまえ
全部
あなた
なんだい
おまえ

第三章

愛はお金に似ている。
とても大事だが、
額に入れて飾るとバカ扱いされる〈恋愛編〉

貸したい女――ショートドラマ〝恋愛〟

もっと貸したい。

私は郁子に思う様、貸したいと思う。

初めて出会った朝。郁子は下北沢の駅前で体を揺らしながら、自分の財布の中身を凄い目付きで睨んでいた。始発を待って飲んでいたのだろう。酔っていた。出勤途中の人々は、髪を赤く染め肩にハートのタトゥーを入れた彼女を避けるように改札に吸い込まれてゆく。私もそんな中の一人だったが、人波に押され、離れようとすればするほどに彼女に引き寄せられてしまい、ついには、彼女の肩の桃色のハートに体ごとぶつかってしまったのである。

「足りないの」

その瞬間彼女は私の耳元で囁いた。

「百七十円。貸してくれない？　借用書書くからさ。おじさん、なんて名前？」

郁子。押切さんに百七十円借用。それから彼女の携帯の電話番号。不似合いなほど奇麗な楷書でそれらを私の会社の名刺の裏に書き付け、呆気にとられている私から金を受け取ると、彼女は行き交う人のうねりの中にスウと呑まれて消えていった。

わずか百七十円。川に落としてもギリギリ悔しくないほどの金だ。なのになぜだろう。どういう魔のさし方か。私は一週間後、彼女に催促の電話を入れていたのだった。

郁子は待ち合わせの喫茶店にタクシーで乗り付けてきた。黒い鬘を被りスーツを着込んでいるのでタトゥーも見えない。「銀座で働いているもので」素面の彼女は少し頬を赤らめて言った。確かに百七十円。私は受け取ると、あの日の名刺を手渡した。彼女は「酔っていたんです。忘れてください」と早口で言い残し、タクシーで仕事に出かけた。

なぜか失恋に似た苦さが私を包んだ。

きっちり一週間後の深夜。会社で残業中の私に電話があった。明らかに酔っていた。近くにきている。タクシー代の無心だった。

「貸してくでるの?」声がよじれていた。私は金づる? ではなかった。彼女はしっかりとまた、素面で金を返しにきたのである。

そんなやりとりが、しばらく続いた。金を貸し金を借りる。それだけの関係だったが、その行為は、甘かった。彼女が金を借りる際、どことなく頬を紅潮させているのに気づいた時の、あの高揚感。そして返される瞬間の、あの切なさ。手さえ触れぬままに、彼女と私の借金関係はストロークの長いセックスの様相を見せ始めていたのである。金額は次第にエスカレートしてゆく。一万、五万、十万。私も郁子も貸す金と返す金を工面するのに必死だった。よくわからないが充実した日々。

しかし、そんな折、私の会社が倒産。私は無一文になってしまった。風の噂か。郁子から電話があった。

「もう、借りれないのね」「ああ」「じゃあ、恋愛でもする?」郁子の声は潤んでいた。「しかたないから」涙が出た。恋愛。そんなんじゃない。違う。恋愛なんて、そんな軽はずみはよしてくれ。

私は保険証を片手にサラリーマン金融へと走ったのである。

郁子に貸す金を借りるために。


（LOVE／2000年9月30日号）

※これはショートショートですな。まあ、ショートショートです、としか言いようがないですな。

きれいなだけじゃだめかしら?——芸能界で今起きている「正統派美人」残酷物語

美人の話をするとしかしどうして一様にケンモホロロ的な顔をするのだろうか女は。

「えー? あれが美人? ちょっと松尾さんアンテナ狂ってんじゃないの?」みたいな。下手すると「あんたの正体見たよ、この俗物」みたいな、なんか勝ち誇ったような顔されますから。

葉月里緒菜ですよ。沢口靖子ですよ。どこが悪いの? 美人じゃない。こっちだってむきになりたいよ、それは。

でも「ひなのちゃん」とか今はやりの深田恭子とか、ああいうのは「そうそう、わかるわかる、かわいい」って感じなのね女は。

違うのな。

だって二人とも、鼻が「あーねー」って感じじゃん。なんか15パーセントほど失敗混じってるじゃん。美人てそういうんじゃないのな男にとって。顔のパーツの一つ一つがちゃんと商品としてバシッと成立してる。そういうのが美人の条件ではなかろうかと思う訳ですよ。

私もたまにドラマの仕事なんかでテレビの撮影所とかに行くのだけれど。ある日、見た。ロビーで葉月里緒菜を。

い・や・き・れ・ーでした。

目も鼻も眉も唇も、パーツだけでも充分勝負できますよと、もう堂々と独立宣言をしているもの。もう独立記念日だもの。顔面インディペンデンスだもの。なんだそれは。

この間しかしレンタルビデオ屋に行ってずっこけた。

「あれ……Vシネ出てる」

いつの間に安くなってたのだ、この人は。「靖子のレンジは使いヤスコ」以来の衝撃だった。あのCMで沢口靖子はあのCM以上に安くなってしまったと思う私だ。そういえば佐伯日菜子っていうのも美人なのに偉く安くなったなあ。エコエコアザラクエコエコザメラク。

やっぱり今時の美人の条件って「女に好かれる」っていう要素がなけりゃだめなんでしょうね。この頃、男の意見てさっぱりだから。女が「葉月? ケッ」なんていうと本心では「いいのに」と思ってても何となく「そういえば魔性の女だしな」とかぼんやりと洗脳されてくもので、まあ、あの写真集が出た時は逆にホッとする訳ですよ。「やっと俺達にも葉月里緒菜を嫌うはっきりした理由ができた」訳だから。ギスギスじゃんみたいな。

最近の女ってなんか揚げ物好きじゃない? あぶら身好きじゃない? いわゆる正統派美人て「あぶら身のない肉」みたいな迫力のなさが確かにあるとは思う。

例えば「国民的美少女」で我々の記憶に残ってる人っている? ゴクミってきれいだけど、今我々が「ああゴクミがいる」って思う時って「アレジ」というあぶら身が一緒についてるからかも知れない。佐藤藍子。もう唯一と言っていいほど「国民的美少女」の中で頑張ってる人だけど、あれOKか? あの耳。あの、飲み込みにくさ。やっぱりあれもトンカツのあぶら身に相当する迫力を秘めた武器なのだと今は思う。

ミス日本というものを見てもわかる。大竹一重ははかない美しさのある人だったけど、はかな過ぎてVシネで脱いでばかりなのに比べ、あぶら身エネルギーに満ちた藤原紀香の隆盛。

勝敗は明らかだ。

男は本当に元気がないから、今自分たちの価値観だけでは「時代の女」を咀嚼できない。どうしても消化の良い油っ気のない女を選びがちだ。そうすると女に総すかんをくって慌てる。そっとお伺いをたてると「チャラってかわいい」みたいな、あぶら身タイプの女性を押しつけられ「そうかなあ」なんて無理矢理納得して行くと。

そんな構図の中で正統派美人たちは限りなく安くなって行かざるをえないのである。

ああ、中山美穂よ、ビール片手にどこへ行く。

（anan／1998年12月4日号）

※こっから先は、ぜ～んぶ『anan』です。一時期はインタヴューを含めてあんなによく仕事がきていたのに……。やはり、愛を語るにも年令制限っていうか賞味期限てものがあるんでしょうか。妻に読まれるとき一番ドキドキするシリーズでした。

裏さえも楽しめる、余裕のある女になれ——恋愛のゲーム性を考える

男の裏を読む？

大切なこってす。当節アブナイ輩は多い。どんどん読んでもらいましょう。例えば役者の世界ではオーディションシステムというものがあります。パッと見良くてもセリフを喋らせてみると異様になまってるとか内股でしか走れないとか、私みたいに麺を食うと変な汗をかく奴とか、とにかく役者ってのはハッタリオンリーで生きてますから、プロフィール写真の写り具合に命かけてますから、実際内容見て

そういった化けの皮を剝ぐという意味では、オーディションなるシステムも裏を読むという行為に近いものがある、というか、恋愛関係の中で裏を読むというのは要するに相手のハッタリを見抜き自分に「適役」か否かをオーディションする、ということになるのやもしれません。

しかし、反面、裏読みなんてのは不粋でお品のいい行為とは言い難いのも事実ではある。無意識に「腕を組んでいるのは相手を警戒している証拠」みたいな、B級週刊誌的な豆知識でもって女の裏を読もうとしている自分に気づいたら極度に落ち込むべきだと思う。「なんて俺は人間としてステージの低いことをやっておるのだ！」

以前ぞっとした出来事がある。

ある彼氏のいるOLのマンションにまんまと上がり込んだ時のことだ。こちらには下心なんて百二十パーセント以上ある訳で「喉から手が出る」という言葉を通り越し、もう「油断すると毛穴から下心が出ちゃう」ってな「むだ毛の処理をし忘れたレースクイーンの股間」みたいな緊張状態なのだが、もちろんその時すでに三十路も超え「有限」とはいえ会社の社長でいわゆる「ヤンエグ」であった私は、よくわからないなりにいかにもなヤンエグらしい落ち着きっぷりを力づくで装っていたのである。

一緒にお酒を飲んで肩を抱くまでに二時間。ディープキスまでまた二時間。シャツの胸のボタンに手を掛けるまでにもう二時間。あくまで自然に。親の仇のように自然に。ことは着々と順調に進んでいた。筈だった。彼女が悪酔いし始めるまでは。

「興味あるのはね、あなたが今どういう心理状態にあるか、てことなのよねーん」

女は座り切った目で、キスしようと王選手の口になっている私に言うのである。「彼氏のいるわたしの家に上がったぁ、彼女のいる男がぁ、キスしいの胸もみぃのまでいってぇ……」

私は王選手の口のまま唖然とした。なんなんだこの女は。

「しめしめってことですかね？　また都合のいい女が一人できましたってことですか？　いや、いいんですよ、続けてくださいよ。ただ『バカ女にまたもてた』と思われたままやられるのは我慢ならんだけなのですよ」

その時私は「さらけ出される裏読み」という物凄いものに遭遇したのである。これはよろしくない。そこにあるのは「男の裏読んでる自分」という優越感だけじゃない。何を生む？　そんなの切ないよ。不毛だよ。

案の定彼女とはそれっきりだ。

恋愛には確かにゲーム的な所がある。オセロのように相手の心を探り合い、ドキドキするのも刺激的だ。しかし、それがネガティブな方向に向いて行くと非常にゆとりがない。男の虚勢の裏にある弱さみたいなものも楽しむ遊び心がちとほしい。そんな私はわがままか。

裏読みなんて「その裏さえも楽しめる程度」に品良くおやんなさいよと思う私なのである。


（ａｎａｎ／１９９９年７月９日号）

申し訳なさのない恋愛は「公害」である！——

今こそ高らかに宣言する「恋反対！」

恋反対。

恋する輩というものは、どうしてああも傲慢か。ゲレンデが溶けるような恋したいか？　傲慢だ。そんな、ゲレンデ溶かして、誰にどんなメリットがあるのか。顔に見合った分相応な恋をしてほしい。ゲレンデ溶かして許される顔なのかどうか。

女性誌開けばどれもこれもハンで押したように、「恋愛で綺麗になろう」だの、「素敵な大人になるための恋愛術」だの、無責任に人をそそのかしてくれますよ。でも、そこまで恋愛が偉そうにしてられる根拠はなんだ。恋してブスになった奴や、なんだか困った大人になった奴は本当にいないのか。恋愛。只それだけで、何でそこまで皆胸を張る。

たまにはない訳？　女性誌。「一生恋しないですむ10の方法」とか、「尼になろうよ」とか、「恋したら前歯が抜けた」とか。そんなふうな、恋愛に後ろ向きな意見。いるはずだ、どこかに。「恋するたびに五万円損した気分になる」人、「恋するとお腹がチクチクする」人、あと、どんな人かわからないけど、「恋するたびに家族が劇団『東俳』に入れられるシステムになっている」人。とにかく「恋愛なんか一文にもならない」って思ってるのに、世間の風潮に負けて口をつぐんでる人々が、全くいない訳がない。立ち上がりたいね私は、そういうマイノリティーのために。そんな訳で、初めまして。「恋のデメリットを高らかにうたう会」会長の松尾です。

例えば恋は公害である。恋害というのを「害」のジャンルに加えてもいいほどにだ。

恋する二人がいる。これどういう人たち？　世界で一番自分たちのことしか考えない奴らのことだ。恋した二人が、じゃあこれからクロアチア難民のために募金活動しようぜっていうふうには、絶対ならない訳で。「友達の彼女だけど、ままよ、やってしまえ」なんて、平気で言えるのは何故？　恋してるからでしょ。「会社の金だけど、彼氏のためだ、着服しちゃえ」。へたすりゃ犯罪まで行くでしょ。恋してるからさ。「生活排水？　ままよ、湖に流しちゃえ」。ね。よくわかんないけど、なんか恋してたんだろうね。とにかくカップルどもは、親友を裏切り、職場を破壊し、環境を汚染する。落ち着けって。座禅しろって。月に一度は作務衣を着て駅前を掃けって。年金制度は崩壊するのだ。浮かれてる場合じゃないだろう、そこの二人。

いや、好きですよ基本的に、恋愛は。恋してると、風邪ひかない気がするし。でも恋愛によって失うものだってある。その事実を飾っちゃいけない。個人的には、恋する二人から「敬語」が消えていくのが寂しい。

付き合い始めた当初の二人に、どんなにヒエラルキーや年令の差があっても、恋愛が進行していくうちに関係ってのは限りなく真っ平らになって行くもので、最終的には必ずためぐちになるでしょ。て、別に私は威張っていたい訳じゃない。ためぐちになったそのとき、二人が「こなれた」という達成感もある。が、同時に緊張感のある関係が終わった、その瞬間の寂しさというか、そういうのってないですか。「ですます」調で愛を語る。なんかそういう取り繕った時間って意外と楽しくない？　逆に、ハイためぐち出ました、次は何でしょうみたいな、第一段階クリア、次は屁でもこきますか的なしくずし状態に二人は突入していくのかしらと、そんな静かな崩壊感が「初ためぐち」にはあるのだ。恋愛関係一歩手前でとどめておけば、この人のきれいな敬語を浴び続けていられたのか。一抹の寂しさが私にはあるのだ。ね。ちょっと考えただけでも出てくるでしょ。恋愛によって損なわれる素敵なサムシングが。だが私とて鬼じゃない。恋禁止とまでは言わない。只、無闇に肯定するにはまだまだ残っている諸問題を見ないふりして、己れの顔と相談もせず恋愛を盲信する輩がいる限り、やっぱり私は、恋反対なのだった。

（anan／1996年11月22日号）

男がうんざりした女とは？——頭に入れておいてほしい、勝手だがナーバスな男のセックス

まあ、ここでああだこうだ言われているセックスというものは夫婦の生殖活動という意味合いのそれでは、きっとないのであって、「子孫を残す」という目的でしかことを起こさない自然界のマジメな生命

達の視点からながむるに、こういうセックスはおおよそ茶番、みたいなものなのですね。雄のカマキリとかの一生に一度の命懸けのビッグイベント。確かにそんな凄まじいことではないのです。

好きだからする。

気持ちいいからする。

あるいは気持ち良くしてあげたいという気持ち。

とりあえず、子供ができちゃっちゃ困る訳で。

要するに遊び。

でも、遊ぶんだったらちゃんと遊ぼうよ、ってのが男にはあるんですね。

キスして、ベッド・インして、胸まで触って充分感じてみせてるくせに「ちょっと、それはだめ」とか、突然身を翻す女。

「入れるのは、だめ」

なめとんのかって感じです。

ちょっと、って何だ。

セックスって「ちょっと」とか、量で計るものなのか？　ちょっとだろうがいっぱいだろうが、入れなきゃ始まらないじゃない何も。

「だって、他にも好きな子いるんでしょ？」

だから、そういう駆け引きしたいんだったら、部屋に入る前に言ってくれって。複雑な手続きにしないでほしい。フルコースだめなら指一本さわらせるな。

男にとって切実な、それはもう一分一秒が切実な遊びであるところの「セックス」がいまいち理解されていない。そう思うときがあるのです。遊びったって、それは、やっぱり自然界のマジメな仲間たちにはちょっとは申し訳ないという罪悪感と背中合わせな、極めてナーバスなゲームなんだから。その瞬間てものはシリアスなのですよどんな男も。

集中しようよ。シリアスに行こうよ。釣りでも、スキーでも遊びってシリアスな方が楽しいのは明白でしょ。っていうのがありますね。凄く。

一度、ことの最中に笑いだす女がいまして、あれはいけません。基本が間違ってる。「何笑ってるの?」って聞くと、

「だって、松尾くん、あんまり一生懸命なんだもん」

凄く間違ってる。

客観的になってどうすんだって、そんな最中に。男は時に尊厳かけて来ますからね。セックスごときに、尊厳。職業を笑われるのと同じレベルで傷つきますから。誰もマラソンの選手を笑わんでしょ。「だって、一生懸命なんだもん」当たり前なんだから、一生懸命で。

男はセックスの最中「遊びにしてしまいたい」という気持ちと「でも、やってる最中は切実でありた

い」という気持ちの狭間で、萎ってしまったり萎えてしまったり、ナーバスに揺れ動く小動物なのです。全部わかんなくてもいいけど、そういうことなんだなあと、ちょっとだけでも頭に置いといてほしいなと。そう私は切に願うものです。

（ａｎａｎ／１９９８年５月１・８日号）

「自分の」恋をしているならば、最初から勝ち札を握っている——

〝恋愛に勝つ女〟とは？

相手からの電話の回数が圧倒的に多いからこの恋は勝ってる、いやさベルの音で睡眠不足に陥り仕事もままならないからむしろ負けてる。そんな些細な勝ち負けでほくそ笑んだり落ち込んだりする男や女は重症のアホであると、そう思わざるをえない。

人間を含む全ての動物の目標は「自分の幸せの密度をいかに濃くするか」であると私は圧倒的に信じている。勝ち負けは？　関係ないのかというと、それはある。幸せと感じるものの勝ち。あっけらかんとそういうこと。

じゃあ、バクテリアなんて輩は？　あんな細かい動物、ただ漠然と増えてるだけじゃん。なんていう人もあろうが、バクテリアにとって漫然とだらしなく増え続けることこそきっと究極の幸せなのであって、「ビバ漫然！」「漫然で圧勝！」そういう幸せ感や勝ち方だってあるのだという想像力を持たないから、人は「今自分は勝ってるのかしら負けてるのかしら」なんて背負いこまなくてもいいぬるーい地獄を一つ増やして、ああだこうだと低いステージで思い悩むのである。

核戦争が起きて死ぬかもしれない。突然レズに走り男嫌いになるかもしれない。いきなり仏門に目覚め尼寺に入るかもしれない。明日はどうなる？　わからない。「私都合のいい女なのでは？」「他に女がいるのでは？」「結局お金目当てでは？」って、ねえ、悩んでる暇あったらいいデートしましょうよ。いいセックスしましょうよ。

いいって何って？　何でしょね？　ディカプリオは「いい」男だけど手ェ出せないでしょ？　それはスカ。妻子持ちだろうが「自分の」手が届いて「自分のデート」「自分のセックス」そういうものができるなら、それはそれで「いい」んじゃないの。「あんただまされてるんだってば」なんて言う奴はバクテリアに「あんた増えてるだけだってば」って説教しなきゃいけない。

男に百万円貢ぎました。「ばかだねえ」と私だって思うけど、それがあなたの幸せならば堂々と勝ってる女の顔して町歩いていい。資格ある。逆に「自分ばっかりつくしてる」って悩む人は要するにつくす「柄」じゃないだけの話なんだから。つくすのが嫌いなのにつくす恋愛にはまってる人は、それは負けてるんだねえ今現在。だって自分の恋愛してないんだもの。

自分の柄にあった恋って何か。

それを把握した上で恋人とホカホカできれば、それはもうどう動いたって勝ちだ。己を知れ、ってかっこ良すぎるけど、きちんと「自分の」恋愛をしてる人はハタで見てても羨ましい。

他人と比べる恋なんて。

負け負けそんなの最初から。

（anan／1998年7月31日号）

それでもやっぱり結婚したいですか？——

男が結婚生活を愛するには才能が必要である

「俺は結婚に向いている！」

「嫁の親や親戚と上手に付き合い、保険とか入ってマンション買ってローン組んで、可もなく不可もない人生を全うする！」

思えば「真っ当な社会人」という生き物に憧れ、究極の「大の大人」を目指して上京した私にとって、そういったことをためらいなく高らかに宣言できる男になるのが夢だった。

それから十年。私は現在の妻と入籍をした。当時私は三十五歳。妻二十六歳。丁度いい感じな夫婦の誕生である。しかし、いい感じなのはいいが、実の所、私が「真っ当な大人の結婚」というものをこなしているのか、現在はなはだ自信がない。

まず、入籍後一年、お互いの両親が顔を合わせていない。

これはまずいなとは思っている。

もちろん式を挙げてないし妻の親戚筋にも会っていない。

心苦しいなと思っている。

にも拘らず今年の暑中見舞いで初めて入籍を告げる（いいかげんにしろ）や、妻の親戚達から五万、十万と高額なご祝儀が贈られてくる。

ひしひしと「ちゃんとせえ」というプレッシャーは感じる。

感じるのだけれど、どうもなんだかちゃんとできないのである。重い腰があがらないのである。籍さえ入れりゃ腰があがる。そう思っていたら、見事にあがらなかった。できればあがらぬまま、逃げ切りたいとも思っているのである。ビタ一文真っ当じゃないよ、こりゃ。

子供の頃、二十歳を過ぎれば人は自動改札をピッピッと通過するように自動的に大人になるものだと思っていた。それが間違いであると気付いた時には、すでに十九になっていた。

「後一年で大人になんかなれねえよ！」って遅いよ気づくのが。

そう。人は自動的に大人になるのではない。

大人になるには才能が要る。

それと同じように、結婚生活にも才能が必要だったのである。妻を愛するのには才能が要らないが、結婚生活を愛するには女と違い、男にはある種の力技を必要とするのである。石田純一曰く、「私は家族を愛したが家庭を愛せなかった」って、そこまでは私は言わないけれど、両親も会わさず親戚にも会わず子供も作る気もない私には、それに近いダメさがあるのかもしれない。籍さえ入れりゃ逃げ場がないかっていうと、特にそうではなくて、いくらでも抜け道があるという現実が男を惑わせる。いかんなとは思っている。

自由への理想と結婚生活に対する距離感、そういうものを微妙に見誤りながら我々男は籍を入れる。

「俺は結婚に向いている！」

高らかに叫べる男はきっと生まれ付き結婚に対する才能があるのだと思う。比べて偏見かもしれないが、女は本能的に結婚を愛するようにできているように思えてならない。

「妻」という生き物は、「生活への愛」という銀のスプーンをくわえて生まれてくるのかもしれない。そんな風に妄想する「わがまま」でもって、今日も男は結婚生活をやり過ごすのであった。「ごめん」としかいいようがない。

（anan／1999年9月24日号）

俺の事が嫌いか!?

松尾スズキ

マリ！そんなに俺が嫌いなのか!?
俺が前髪でハゲを隠してるから
違うわ！そうゆうどうでもいい所にこだわる
そうゆう所が嫌だって言ってるのよ！
こだ…そうさ こだわるね そうやって俺は生きて来たんだ
だからあなたはだめなの
おい、ちょっと待て…猫が浮いてる!!
またホラね どうだっていい事な訳でしょ？それも

どうかよろダウ

松尾スズキ

ありがとうは？

松尾スズキ

第四章

もう、鼻血も出ないよ〈雑文編〉

「もらう」側から「捨てる」側へ——大人計画『ゲームの達人』再演に寄せて

絶対もらう。

全部もらう。

シティロードの原稿料の事ではない。

もちろん、それももらう！

「絶対もらう。全部もらう」

それは『ゲームの達人』初演時の私の基本精神の話だった。

チラシの裏にありったけの有名人の知り合いに推薦文を書いてもらった。サザンオールスターズの関口和之さんなんて、一回しか喋ったことないくせに無理矢理コメントを貰った。

あの頃、俺は何も持ってなかった。失う物のない人間は「もらう」事にてらいがない。

客演もワハハの吹越さんはじめ、いろんな人に集まって「もらった」。ノーギャラだったのだ。申し訳ないがどうしようもなかった。

内容のイメージは、カート・ヴォネガットからもらい、タイトルすらシドニー・シェルダンの作品からのもらいだった。

温水が主役級の役者に化けた事にも助けて「もらった」。

全部もらい。

しかし、もらうのだって疲れるのよ。「もらい」に使うパワーは若さを消費する。俺もちょっと大人になってしまったのだ。払う方が楽。それが大人の分別か。あの頃は誰それかまわずもらっていたが、今は自分よりもかなり大人って感じの人からしかもらえない。しかももらうときは、結構ビビる。

そして、気がつけば周りは子供だらけ。払う力はなくとも「もらいパワー」豊満な連中が稽古場に溢れている。当時のメンバーは俺を含めて三人。それ以外は殆ど客演に頼っていたのだ。

つけは必ずまわってくるけど、時折、もらいっ放しの連中がまぶしく見える。失う物が何もないのは強みだ。俺は、あるもんなァ。

しかし捨てる物があるってのも力だとは言えない？　捨てるのは楽しい。威勢がいいやね。

で、この度の再演で『ゲームの達人』は、捨てです。

でも原稿料はもらう！　絶っ対に！

（シティロード／1993年9月号）

※恐怖の寄せ集めシリーズ！　という訳で、古いですねこれは。経営者が二転三転した『シティロード』の原稿料未払いがかなり問題になってた頃じゃないかな。

ある年の演出日記

一月七日

久子ちゃんが片腕を失ってから一年がたつ。

一月八日

久子ちゃんは十四才の時から大人計画を観に来てたくらいのおませな娘だ。中学を卒業した去年、うちのオーディションを受けに来る途中で交通事故に遭い、左手を無くした。

一月十三日

もちろんうちは大卒以下はとりません。創立時、バカと貧乏人が多くて凄く苦労したからです。バカは私が台本に差別的表現をもちいると鬼の首をとった様に食ってかかりました。「キチガ○に刃物」と「バカに正義」は同義語の様です。それから貧乏人は、お金がないと言って稽古を休みます。貧乏と病気も同義語だったのです。

一月十四日

久子ちゃんはバカでも貧乏人でもなかった。が、手が無いのはともかく顔が平田満に似ていたので採用しなかった。だが本人にはその年にやる芝居のタイトルが「両手いっぱいに愛を」なので……、という理由で納得してもらった。片手だと半分しか愛がつかめないでしょ？ と辛い嘘をついた。

一月十六日
その久子ちゃんが稽古を見学に来ると言うので全員緊張する。実は私は去年から病気で寝込んでいて台本が進んでおらず、みんなでどの劇団の誰と誰がつき合ってるとか、あの劇団の某は以前精神病院に入ってたとか、そんな話ばかりしていたのだ。意外なカップルの発見に、おお舞台は魔物だと驚いたり、あの役者がバイトを？　と舞台生活の過酷さを嘆いたり、そんな日々だった。
そこへ、片腕を失ってまで舞台に立ちたいと叫んだ久子ちゃんが来ると言うのだ。
一月十八日
今日は「親切の日」である。
劇評家の諸先生方を招いてのささやかなパーティー。大人計画全員で肩をもんだり、背中をさすったり、我々は親切なのですよとアピールする。帰りに包むおみやげにはもちろん一万円札が入っている。この努力が諸紙で見かけるあの大人計画べたぼめ記事をうむのだ。動員数の伸び悩みに苦しんでいる劇団のみなさん、もしかしてこういう事やってないんじゃないですか？　怠けてはいけません。あそこもあそこも、やって大きくなったんだから。芝居は面白くない接待はしないじゃ先は見えてますもんねえ。
一月二十三日
いつもなら稽古も後半にさしかかる所だが、なにしろ久子ちゃんだ。彼女に恥じない芝居をつくってるかと自問自答。ああ駄目だ。どのセリフも恥ずかしい。存在自体がブラックユーモアの彼女に立ち向からにはあまりにもみんな芝居がうますぎる。私以外の役者は殆どが有名俳優養成所出身だ。○学座出でどんな複雑な長ゼリフも初見でよどみなく読んでしまう青島。入って来た当初走る森繁と呼ばれた立石。彼らを今のレベルに引き下げたのには訳がある。私の唯一の演劇論「うまいセリフは聞いてて心地良いので客は寝てしまうが、へたなセリフはイライラするので客は起きている」に即したメソードで、どんどんへたになってもらったのだ。しかし、役者はドン欲なのでちょっと目を離すと私よりうまくなっている。肉体にも気を使ってもらいたい。ぎこちない動きこそ舞台と客席の間に「あの人大丈夫かしら」とサスペンスをうむのだ。演ぶチャートで上位に入りたい気持ちもわかるが、そこは押さえて一つへたにお願いします。正面きりたガールと大事なセリフは立てたガールはもういらんです。へたにセリフを立てられると立てようのない「〜ですか」とか「〜なので」とかのセリフはどうでもいいのかあんた?って気持ちになる。試しに「ですか」「なので」と言った日頃立てないセリフを立てて喋ったら自分が凄くバカになった様に思えた。

一月三十日

約束通り台本をあげる。四百字詰め原稿用紙で百二十七枚。予定より二十枚オーバーだ。駅前劇場はキャパが小さいので、客をギュッと詰めるつもりだ。若い人が多いといえ二時間超えると辛かろう。私の書くストーリーはこみ入っているので親切に書き込んでいくと軽く三百枚を超えてしまう。そこで説明をバスバス切って百二十七枚。シーンが長すぎると客がケツの痛さに気づくので、余程のことがない限り五枚以上のシーンは書かない。踊りを入れると時間が稼げるのだが、私が客として芝居を観た場合踊りのシーンが一番ケツが痛くなる事に気づいてからあまり入れられなくなった。演出も「そのセリフ、もっと客のケツを浮かすつもりで」とか、あくまでケツ中心に組み立てられていく。私に観客論はないがケツ論はあったのだ。シャレととる？ それもよいです。

二月十日

ついに久子ちゃんが来た。左手は、あった。日本の医学技術の進歩に拍手。

ラストシーンが決まらない。唐突な展開だが、一応演出ノートらしく悩んでみたりして。資産家の社長が本当の愛と共産主義に目覚め、崩壊後のロシアへと旅立つ。そんな感動的な話なのだが、通し稽古をしてみて今一つ感動しない。病気の少年とベーブ・ルースが出ていないせいもあるが、多分説得力に欠けるのだ。

「テーマは？」

不意に久子ちゃんに鋭い事を聞かれる。テーマね……。ケツの事ばかり考えててテーマの事なんて思いも及ばなかった。ふと窓の外を見ると、巨大な飛行船が飛んでいる。

「あ、飛行船だ飛行船だ」

「テーマは？」

苦労した人は他人にも厳しい。飛行船は環境庁が飛ばした物らしく側面に「川や緑を大切に」と大書してあった。

「テーマは川や緑を大切に、だよ」

と言った途端に物語が急に説得性を帯びて来た。様な気がした。そうか。私はやりっぱなしで何も得る物がない物をつくる事が演劇なのだと思い、そうして来た。しかし演劇にテーマがあったっていいじゃないか。小説にも映画にもテーマはある。芝居だけが何も語れないなんて差別だ。そう言うと制作の長坂に「よそはみんなテーマあるみたいですよ」とたしなめられた。ええっ。そんなのありかよ！　では語ってる事に気づかなかった俺はマヌケ？　くそ。テーマだ！　今回はテーマだ！　しかしこの芝居、川も緑も出て来ない。でも手がはえる程うちの芝居を好いてくれる久子ちゃんの手前、後には引けないし川や緑を大切にするのは第一いい事だ。私は実は去年あのきんさんの家を訪問して真人間になる事を誓ったのだ。しかし真人間て凄い言葉だ。

久子ちゃんが帰りしな「いい事に気づかせてくれてありがとう」と握手をしたら手がすっぽ抜けた。

……なんだったんだ。おい。

二月十五日（ゲネプロ）

今さらストーリーに川や緑のメッセージを盛り込む事もできず、エンディングで「川や緑を大切に」と書いた垂れ幕を落とす事に。これならダイレクトに伝わるはずだ。

二月十六日（初日）

ヤンヤヤンヤ拍手の嵐。やっぱテーマか!? テーマをエンディングで文字に示す。なんて斬新な発明なんだろう。良かった良かった。この手法で三年はいける。真似されるなァきっと。

（演劇ぶっく／1993年6月号）

※これもかなり古い。『演劇ぶっく』に書いた演出日記。作りこんでますね。この頃はまだ自分の書き方を模索してた時期なんでしょうね。

Q.「あなたにとって廃墟とは何でしょうか？」——

アンケート「わたしのなかの廃墟」

実家の近くにボタ山があって、その周りに廃墟と化した「炭住」が拡がっておりました。天井のすっとばされた風呂屋か床屋は正にモヘンジョ・ダロといった風情をかもしていたものです。町自体が死んでできた廃墟。そんな場所が僕の遊び場でした。だから一言で僕にとっての廃墟を表わすならば「遊ぶ所」ということになりそうです。（カタログ「廃虚の博物学」／2000年6月1日～19日／パルコロゴスギャラリー展覧会）

※これも載せるんだ……。兵庫の文章乞食っぷりにためいきするひとときです。

人間の計り知れぬ変身願望が自意識のタガをはずし、「人間モノ」を生む——大人計画『冬の皮』公演に向けて

二人の男が山登りをしている。頂上には頂上があるだけだ。へとへと。しかし後十分程でそこにたどりつく。だけどへとへと。

その時男Aが足元に高さ五十センチ程のこんもりした物を見つける。「これにしよう。これでいいじゃないか」なにが？　頂上が。男Aはあっさりそのこんもりした物の上に登ってしまい煙草を一服。ちょ、ちょっと待てよ。色めき立つ男B。「後十分登れば本当の頂上にたどりつくのに。したじゃない？　この山のてっぺんで二人で万歳しようって約束」「万歳」「ここでしても面白くないだろ？　万歳は」男Aは仕方なくこんもりした物から降り、二人ほうほうの体で頂上にたどりつく。

「じゃ、万歳」「…万歳」

もう何も面白くなかった。疑問を抱いてしまった瞬間「万歳」は只の手続きと化し、二人はその後どうしたかと言うと、黙って山を降りたのです。おしまい。

自意識のタガがはずれ「その気」の回路をつつかれた瞬間、人は時に「モノ」になります。苦痛や不幸、極限の状態など普段はまりたくない状況ほど人の「その気」を奪い易く、ハイになったり涙したり行進したり旗を振ったり宙に浮いたりする様です。私はそんな風な「なっちゃった人々」を「人間モノ」

と呼びたい。モノ中のモノは何と言っても戦争末期に発射された人間魚雷でしょう。人間が魚雷になって爆発しちゃうんですからそれはもうモノ凄いモノです。「多勢」とか「信じる」事もモノ化への重要なプロセスです。創価学会の方々のつくる美しい人文字も、中に不信心者が一人でも混じるとくずれてしまうそうです。しかし人が魚雷や文字になるのですから人間の変身願望には計り知れない奥深さがあると言えましょう。だからこそそこに感動が生まれ、人間モノは一様に幸福をかみしめ、そして何を叫ぶか？　「万歳」を叫ぶのです。そこに「胴上げ」が加わるともう無敵の大モノと言えましょう。

しかし八〇年代は万歳や胴上げにとって冬の時代でした。テレビ等マスコミはネタばらしに血道をあげ、ディスコにはチークタイムが無くなり、騎馬戦は中止になりました。私の大好きなモノ大会「びっくり日本新記録」はどこに行ったのでしょう。ラストシーンでスローモーションで動く人間モノの美しさは忘れ難い。しかし万歳好きだった筈の日本人は「こんもりした物」の上で一服する男Aに成り下がり、男Bはプラットホームで中途半端な胴上げをされたあげくコンクリートに叩きつけられ死んでしまったのです。

しかし人間モノは絶滅してしまった訳ではありません。私が昨年上演した『サエキナイト』は演劇新種族の逆襲という企画の第一弾で、攻撃もされていないのに何故逆襲？　ととまどいつつ、シードホール全体に拡散する「人間モノ復活シミュレーション底抜け脱線ゲーム」を目論んだものでした。演劇の持つ内部的無自覚多幸感の中にこそ人間モノはずぶとく生き残っており、自意識のがんじがらめの中でモノになりきれない私のネガティブな憧れは、見様によっては実に爽やかに(な訳ないか)、コミュニケーション不在な「万歳」を客席に強要してしまったのです。だから先月西堂先生が口をすべらせた「これぞ最悪の内部化」「はめられた」等の言葉には大人計画一同うむと得心し、胴上げしてあげたい気持ちで一杯になったのです。プラットホームで。

さて私もしかしこれでは「こんもりした物」の上で、本当の頂上に向から男Bを面白がってるだけの男Aと同じになってしまう。と思いきや、少年時代からネズミ男がヒーローだった私はそれ程の利口者でもなかったのでした。「欲」で失敗したいのです。CM出演等で月収が百万円を超し、休暇は海外でとる私にとって、成功しても貧乏臭い演劇界のメジャーになる事はさほど重要なことではありません。ゲゲゲの鬼太郎に助けられ歓喜のあまりモノ化する村人をはめて目玉オヤジにしかられる。そういう半妖怪的業からいつも逃れられないだけなのです。

(スタジオ・ボイス/1992年4月号)

※冷静さを装っているけど逆上してますね。

前号で西堂行人という劇評家にボロくそに書かれたって経緯があるわけだけど、それに対抗してなんか書いてくださいと言われて書いたのがこれ。まあ、どっちが「おもろいか」は歴然としてますけどね。劇評家って文章おもしろくない人が多いね。正しいことを書いてればおもしろくなくてもいい。そんなふうに考えてるからだめなんじゃないですかね。説得力ってのは正しいとか正しくないとかの外側にあるもんじゃなかろうか、と思うのです。

悪趣味と「きどり」——特集〝悪趣味大全〟

悪趣味であるか、いい趣味であるか、そんなことはどうでもいいのだ。私の興味は、「そこにパワーは存在するか」、それにつきる訳で。

一番受けつけないのは「きどる」悪趣味。ある種「悪趣味の方が頭がいい」的な勘違いというか、「私、昔っから『変わってる』って言われるの」女みたいな、そんな不毛な「きどり」を、私は差別したい。

例えば、私の好きなジョン・ウォーターズ。彼の映画は悪趣味の代名詞のように言われているが、むしろ私は彼の趣味の「よさ」に魅かれるのである。『フィメール・トラブル』のストーリーテリングの、アイデアに満ちた力技を見よ。最高傑作『ディスペレート・リビング』の疾走する世界観と、『どですかでん』かと見まごうようなキッチュな美術のカラフル加減。これをセンスがいいと言わずして、何をどうあれせよと言うのか。

だけどですよ。ここで私が「きどり」を指摘せざるをえないのは、皮肉にもジョン・ウォーターズの名を世界に知らしめた、『ピンク・フラミンゴ』における超優ディバインの「くそ食い」のシーンなのだった。

まあ、確かに、あの映画は二組の家族の悪趣味合戦を延々と見せるといった趣向の映画で、それはそれでいいのだけど、他のシーンはほら、お尻の穴を自在に拡げる人とかシーメールとか、アイデアがあったじゃないですか。

「くそ食い」は誰でも思いつきますもの、悪趣味をあえてやろうってことになれば。だから、あそこで「おやっ」と私は、トーンダウンしてしまうのだ。「これって、きどり?」と。「自慢か?」とも。

やはり、悪趣味を「確信犯」でやろうとするならば、圧倒的なアイデアがないと。殆どの「やろうとしてやってる」悪趣味に、パワーを感じないのは、そこにアイデアを注ぎ込むという努力が認められないからで、それを「きどる」おごりのみが見えかくれする悪趣味な表現を見るとき、私は「偽善」と大して変わらぬ根っ子の始末の悪さにげんなりするばかりなのだった。

いや、むしろ、である。鑑賞に耐えうる悪趣味ということでいえば、「偽善」のほうがよっぽど底深いパワーを秘めていると、私は断言したいものである。

たとえば『24時間テレビ』の、トータルコーディネートされたセンスの不気味さ。そこには語るに足るべき悪趣味の物語がある。あるいは、街中で毛皮を燃やしていきまく動物愛護団体の、そのこれ見よがしな、正義の名を借りた悪趣味パワーにも、一目置くべき何かはある。

悪趣味は、無自覚のほうが味がある。

それは「見せる」ためにつくられたものとは限らない。街をゆく、おばさん達の独特なパーマの中に、不思議な色のスパッツの中に、そして観光地に、味のある悪趣味は散在する。意図的に、ではなく、あらがいがたく、気がつけば悪趣味の磁場の中にいる、むしろ自分では、「いいセンス」とすら思っている。

そんなあきれはてたパーソナリティの中にこそ、我々をむせさせる「くそのゆげ」のごときパワーが存在するのである。

悪趣味を嗜好することほど、アホらしいものはない。抑えがたい欲望のブラックホールにはまったあげく、結果的にそうならざるをえなかった悪趣味。私が認めるのはそれのみだ。（ユリイカ／1995年4月号）

※私が「ユリイカ」に書いたことがあるなんて。
なんだか、遠い目をしてしまいそうです。
しかし、ジョン・ウォーターズっていつ見てもファッション・センスが完璧じゃないすか？

テレビは東京に「東京」演じさせる装置である、ハズだが……——

松尾の〃ナンデモTV時評〃

東京に住むということは、ブラウン管の中に住むということである。

はい。すみません。出だしからいきなりハッタリかましてしまいました。

ま、ハッタリ抜きにいうとしても、東京人＝テレビ人、みたいな図式は、田舎暮らしの経験のある人間なら、誰しもチラッと思い当たるのではなかろうか。

わかり易くあれしよう。

私は二十三歳まで九州に育った田舎者であるにもかかわらず、東京で十年暮らすうち、「けっ、田舎の人間はもう東京に出て来るねい。狭い！」とまで言い放つニセ江戸っ子になってしまったが、それでもあるキッカケでふっと気分が〝田舎モード〟に切り変わったりすることがある。

例えば、我々上京組が街を歩いていて、テレビのロケ現場に出っくわした時にわき起こる、あの不思議な感覚。東京育ちの方にはおわかりいただけるだろうか。初めて〝ガイジン〟を見た瞬間にも似た「あぁ、ここはつくづく東京なんだな」という再確認。それは逆に、自分の原風景が「ここにはない」という事実の確認でもある訳で。すなわち、テレビのロケ現場に居合わせた私達は、半ば強制的に〝田舎者の目つき〟に舞い戻され、「うむ、自分は『テレビに映っていたアノ街』に来ているのだ」という上京感を、思い出さずにはいられなくなるのである。

そう。我々にとって東京とは、「テレビに映っていたアノ街」であり、もっといえば「フィクションの中の街」なのであったことを、街中の風景に暴力的に出現するテレビクルーは噛みしめさせてくれるのだった。

初めて私がそれに近い感覚を持ったのは、九州の友達が東大に合格、〝東大生五十人に聞きました〟みたいな番組に出演しているのを、ブラウン管の中に目撃した時である。

その瞬間、私は先日まで親しくしていた友人が、突然〝虚構の世界〟に迷い込んでしまったような、なんか普通でない感じを味わったものだ。〝テレビに出る〟ことによって、実際に上京した事実よりも、さらに〝東京〟の内部に入りこんでしまった。そんなイメージである。

ここで私は、テレビは基本的に〝東京〟を映す装置である。とハッタリたい。

田舎に住んでいようが都会に住んでいようが、我々がテレビのスイッチを入れる時、そこに映るのはおおかた東京の人であり東京の風景な訳で。我々はそして、行きもしない〝新宿〟や〝渋谷〟を、知っている。が、テレビに映るからには、その風景は何らかのフィクション性を帯びることも通過儀礼のごとく避けられない。

私の友達がテレビに〝東大生〟として出現するとき、彼が無意識に「東大生」を演じていたように、〝新宿〟は「新宿」を〝渋谷〟は「渋谷」を、必死に演じる。いつテレビに映ってもいいように。油断していて、パッとカメラが来たときに、新宿が池袋に見えたり渋谷が北千住に見えたりしたら、それはまずいだろうってことなのだ。

だから我々も、テレビに映る街を行く際には、それなりの緊張感と覚悟をもってせねばなるまい。パリの街を歩いているような気分で渋谷を歩いていたら、一発で浮く。そんな〝パリ顔〟が、もしニュース映像の片隅にでも映っていたら、即撮り直し、という事態もありえる。

テレビは東京に「東京」を演じさせる装置でもある、訳だ。

話はとぶが、最近のテレビといえば、それはもう、どうにもこうにも、オウムとサリンと上祐さんなのだった。

我々東京に住む人間にとって、一連の東京の惨事を伝える報道は、なんか変で困る。それは阪神大震災のときとは明らかにムードが違う。

今回、テレビと現実との距離感が、なんかつかみにくいのだ。

阪神の時はテレビで見ることができていた距離が、サリンではどう考えても近すぎるのである。ゆえに我々は、サリンをテレビの中に見る際、本気で恐がって街を行けばよいのか、恐がってる人を演じながら行けばよいのか、なんだかその〝決心〟のつけ方が今一つアイマイになってしまう。

フィクションの街の中で起った、あまりにもフィクショナルな事件を前に、東京人としておびえるか、テレビ人として浮かれるか、今非常にデリケートな選択を迫られているのかも知れないのだった。

すみません。最後もやっぱりハッタリ入ってました。

（TVぴあ／1995年5月19日号）

※論じてるねえ。なんか青臭い感じがしますね。「オウム」ってのが時代を感じさせてるし。

武器は「口臭」——我が心のヒーロー

子供の頃からどういうわけか、主役より脇役敵役に感情移入してしまう私なのである。よって、一般的にアレするところの「かっこいい奴」「リーダー系の奴」的なものに、心を動かされることがあまりない。何故だろう。いわゆる「正義」に対する懐疑心が強かったというのはある。また「正義」の人がもてていた時代でもあり、であるほどに、私はもてる奴が嫌いだったというのも大きい。どっちにせよタチの悪いガキではあった訳で。

とにかくネズミ男が好きだった。

小賢しくて目立ちたがりやで、金に目が無く裏切り者で。でもって、なぜかちょっとだけ愛されてたりもして。それはもう、そんなどうしようもない人間が普通愛されたりするわけはないのだから、相当に魅力のあるキャラクターだったに違いない。これは、「正義」に胡散臭さを抱くひねくれたガキにしてみれば、まさに理想の姿といわねばなるまい。

そういう意味においては、イヤミ氏も忘れてはいけない「どうしようもなさ」を抱えた名バイプレーヤーだった。あの頃のガキといえば、もう、朝から晩まで呼吸をするようにシェーをしていたものだ。

しかし、アニメ版はともかくコミックスでいえば、やはりネズミ男の「どうしようもなさ」のリアル感は、ちょっと他の追随を許さないものがある。

なにしろ彼は「口臭」で敵を倒すのである。そんなくだらない「技」普通考えつくか？　いや、考えついても大人だったら黙ってなかったことにするものだ。水木しげるはやっぱり凄い。そのキレ方が。武器は「口臭」。私のヒーローは、そんな奴だった。考えてみれば何だか悲しい子供時代といえなくもない。

（小説ＣＬＵＢ／１９９５年８月号）

※これは、まあ、こうなんです。としか言いようがありません。

「ラディカルな笑い」について思うこと——

我々は本当にナンセンスで笑えるのか？

実は二十三で東京に出て来るまで、モンティ・パイソンもマルクス兄弟も知らなかった私です。初めてそれらを見た印象というのも、ああ異国の文化だなあみたいな感じ。おもしろいとは思っても、日本人がやるとどうだろう。ラジカルガジベリビンバシステムをみて、私は大笑いしたけど、本当に「ナンセンスの世界観」の本質に笑ったか、今考えると、けっこう怪しい。竹中直人の顔がおかしかったのかも知れないし、大竹まことの憮然とした態度に笑ったのかも知れない。

あの頃、思えば舞台を観ていて、「素」に戻ることは少なかった私でした。舞台をつくり、構造を知れば知るほど、観客としてはその世界にのめりこめず、「素」になり易くなっていくのですね。たいていの場合。ナンセンスの舞台の重要なポイントは、その「狂った世界観」だと思うので、客に「素」の状態で観られると非常につらい。若い頃は私も「これこそナンセンスだ」みたいな勢いで、ナンセンスギャグを舞台で量産してきたけれど。なんていうのかね。自分の客としてのまなざしが、いい意味でも悪い意味でも成熟してゆくにつけ、体の中のミソ汁含有濃度がナンセンスに対して拒否反応を示すのですね。そんなことであれすると、日本人は本当にナンセンスで笑えるのか？　という本質的な疑問までしゃしゃり出て来るという訳だ。

実際、モンティ・パイソンにしろ『裸のガンを持つ男』にしろ『ローデッドウエポン』にしろ、私ら半分以上笑えませんもんね。

ナンセンスのあのドライな世界観、人情の介入ゼロ地帯のあのクールな質感。そりゃあかっこいいすよ。でもそのラディカルな部分をキチンと笑うには、我々の食生活とか親戚関係をかえりみないと。かっこいいことはなんてかっこわるいんだろう、てなことになって来るんじゃないですかね。

レンタル屋で『釣りバカ日誌』を借りてるパンクスを見て、憂ウツになりながらこの原稿を書きました。

（ペロ犬／創刊号）

※こんなの誰も読んでないよ。よく出てきたな。どこかの劇団が出してるミニコミに書いた奴。ちょっと笑いのことについて書きたかった時期なのかもしれません。

膨大なる無駄――私の高校生時代

聞いてくれるな。私の高校生時代なんて。「青春」。それにはほど遠く、「殺伐」。そんな言葉こそよく似合う。いっそなかったことであってほしいあの時間。

私は、高校時代のある一年間、女言葉でしゃべっていた。

女になってしまいたかったのだ。

それは、今はやりのニュー・ハーフとか、そういうのではなくて。彼ら、というか彼女らはむしろあの頃の私より百倍元気で前向きだ。「性」をひっくり返す、それは、「制度」をひっくり返すということだ。そんなパワーがあの頃あれば、あんなことにはなっちゃいない。

いろんな理由がそこにはあったのだが、今にして思えば、「男であり続けるパワーが希薄だった」。そんなようなことになる。

たくさんのことを、みずから駄目にしていたと思う。まず、勉強をしなかったし、腎臓の病気で運動を禁じられていたため、体育の授業にも出なかった。かといってたいして遊んでもなかったし、そもそも友達が欲しいとも思わなかった。もちろん、恋人なんて一人もできる訳がない。ただ、ひたすら本を読み、漫画ばかり描いていた。いや、本当、うちにいるのが好きな子供だったなぁ。家族は嫌いだったけど。

とにかく、学校に行くのが嫌で嫌でしょうがなくて。さぼっては当時はやった、喫茶店のインベーダーゲームに百円玉握りしめて、通いましたよ毎日毎日。バカだよなぁ。いや、バカじゃない時間なぞ一秒たりともないのではないか。高校時代なんて。

で、怒られて、無理して学校行くと、こわすんですね、おなかを。ただでさえ、屈辱的なものである。授業中トイレに何度も立つのは。しかも、あの「松尾」なのだから、これは、悪く悪く、目立つ。浮いてたから。なにしろ。で、で、さらにさらに、学校に行きたくなくなると。こういう悪循環の繰り返しだったのである。

では、なぜ、これほどにパワーがなかったのかというと、日常のほとんどのエネルギーを「些末なことに悩むこと」に費やしていたからなのだった。費やして、費やしすぎて、ついには、日常がどうでもよくなって、ありとあらゆることが面倒臭くなり、気がつけば何もかもほうり投げていた。

その、投げたなかで最も過激なのが「男言葉」だった訳だ。人間、投げやりになると、ここまでいっちゃうという、見本。

しかし、それにしても、あの日々、膨大に費やされた「些末なる悩みのエネルギー」。

ほんと、無駄なことしてたよなぁ。

（ｍｃシスター／1996年3月号）

※ｍｃシスターっすよ、この俺が。大人計画でお手伝いをやっていた坂本千明って女の子がいたんですけど、そいつがイラストレータになりまして。で、ついに彼女から仕事を紹介してもらったっていうのが多分これ。種はまいとくもんだね。今でも彼女にはよく挿し絵を描いてもらってマス。

七〇年代は丸っこかった。八〇年代はいんぐりもんぐりだった――

私の八才から一八才

さて、なぜ七〇年代モノのリバイバルが流行るのか、である。

仕事ひきうけておいていうのもなんだが、「七〇年代の文化について何か」とか「八〇年代という時代はいったいなんだったのでしょう」とか、よくそんなこと聞かれるし、確かにそういうことにリーズナブルにすらすらと答えられるというのが今時の文化人のステータスみたいなものではあるけれど、実を言うとそんな都合よく雑誌の企画にあわせて十年区切りで時代に思い入れてる奴、本当にいるのかしらという素朴な疑問があるにある。

いや、実際顔を覗き込んでやりたくなるのだ。そういう「七〇年代というのは政治の季節であってぇ」とか、当時実際は只の「子供」だったくせにしたり顔で言える奴。本当はその頃、野で山でイナゴを追いかけまわしてただけなんじゃないのお？　素直に白状しなさいよって。しかし言えないもんなあ。

「僕の七〇年代は、イナゴだった」

かっこいいけどね。そう言い放ってみれば、それはそれで。でも、「イナゴだった」って書き始めたらあとに続くのはコラムじゃなくて、すでに現代詩の世界だものな。

七〇年代はイナゴだった。

八〇年代は長い下血で終わった。

おしまい。

原稿料泥棒！

しかし、だいたい「十年」ということばの口当たりのいい便利感自体を一度は怪しんでみるべきでしょ。切りのいい数字には魔がひそんでいます。乱暴に十年て言ったたって社会的にはともかく個人史の中では「七四年から八四年までの十年間」が物凄く重要な意味を持つ人もいれば、「八七年三月六日からの十年を語らずしていったい何が十年か！　こらっ！」と地団駄踏む人もあろう。七〇年代や八〇年代みたいに「切りのいい十年」ばかりちやほやされて、七四年代や八七年三月六日代（なんだそりゃ）の立場はいったいどうすればいいのだ。泣き寝入りか。

ま、そういった訳で「七〇年代」というカチッとした区切りで何かを語るという時代感は持ち合わせていない私ではある。だいたいあの頃、私は八才から十八才になる時期なのだ。八才から十八才までに共通する感覚なんてあるのか。メチャメチャ考え方変わる時期でしょその頃って。へたすりゃ別人でしょ八才と十八才って。八才のときはジュリー・アンドリュースが好きだった私も、十八才ともなれば早見優が好きになるのである。どうだ？　こまるだろそんなこと言われても。

あれ？　あった。そういえば、十年間共通してたこと。

マンガ描いてた。

私は小学校の頃からかなり真剣にマンガを描いてて、十八才になる頃やっとこさその才能に挫折して、マンガを卒業したのだ。

思えばあの頃のマンガと今のマンガの違いの一つは、その「未来感」の差だろう。

七〇年代の初め頃、マンガの中の未来感は、かなり「いい」感じだった。なんか、丸っこさがあった。

未来都市には丸っこい「空中道路」が自在にビルの間をグルグルしていて、その上を丸っこい「未来カー」がよくわからないホバークラフトのような原理で「未来走り」をしていた。光線銃すら丸かった。

丸さや曲線には常に「いい感じ」がつきまとう。今思えばあの頃のファッションなりインテリアデザインには、なんというか「いい感じ」の未来を逆算したような「わざと未来してる」ような曲線ぽさがあったような気がする。『宇宙戦艦ヤマト』の未来には惨澹たるものがあったが、それでも、乗組員のはいているズボンはパンタロンだけは晴れ晴れしくものんきだ。のんきだが、当時の子供たちにしてみればパンタロン＝未来SFだったのだ。

今我々はあの頃「未来」だった時間の中にいる。

別に丸っこくない。

未来が丸っこくなくなった決定版は『ブレード・ランナー』の登場にとどめをさすだろう。あの映画に出てくる未来はジトジトと暗く、見るもの見るものゴテゴテと堅そうだ。そして、大友克洋の『アキラ』である。ダクトだのメカだのが、いんぐりもんぐりいんぐりもんぐりした世界観。我々が子供の頃夢見た「マンガ未来」の丸っこさはかけらもない。なんかもうひたすら邪悪だ。その絶望の仕方がまたかっこよかったりした。いわゆる八〇年代ぽさ。この頃になると、さすがに誰もが未来は「いい感じ」だなんてかけらも思っていない。なんか、もう、どうせ未来は邪悪なら、逆算して今から絶望を遊ぼうよ。いんぐりもんぐりしましょうよみたいな。

しかし、七〇年代は丸っこくて、八〇年代はいんぐりもんぐりって。なんだこりゃ。小学生の作文か。田舎の母に「あんたは役者としてはいまいちやけん、文でも書いてがんばりんしゃい」と言われたばかりじゃないか。

まとめてみたりしてみよう。

邪悪でないものがかっこ悪い。そういう未来感が『ブレード・ランナー』や『アキラ』以降、厳然と生き残っていて、未だに「邪悪」はある種の文化圏を形づくっている。町ゆく若者のタトゥーや、ピアシングを見よ。こええ。「夢」はまぬけ。「本質」を語るモノがかっこいい時代。それが、あの頃「未来人」と呼ばれ夢見られていた我々の価値観だ。しかし、じゃあ、なぜそんな中、七〇年代のモノがリバイバルしているのか。

ゴッコなのだと思う。パンタロン、『スター・ウォーズ』、七〇年代風の化粧にそこはかとなく漂うだささ。あれを「いい」とするのは、もう、「いい」ゴッコに違いない。

「いい感じのマンガ未来を逆算したデザインをラブリーだなんつって『ゴッコ』する」

今や我々の絶望の仕方は「絶望してないゴッコ」ができるほどの成熟を見せ始めているのかもしれない。

（出版ダイジェスト／1997年9月18日号）

※これは白水社っていう私の戯曲をよく出してくれてる出版社が出してる新聞みたいなの。私が言うことじゃないかもしれないけど応援してやってください。

私の文章ルーツ、私の演劇ルーツ――松尾少年と野沢那智

もう二十年になりましょうか。

私だって子供だった時期がありまして。

野沢那智の声のファンだったんですね私は。そう、子供の頃から「声」というものに興味があったんです。兄貴のカセットで手塚治虫の『火の鳥』を朗読してラジオドラマを作ったり、一人で何度も歌を重ねて「合唱団の感じ」を作ったり、気持ち悪いガキではありました。ですからアニメブームなどというものが起きる以前から声優という職業に視線が行っていた訳です。『ヤッターマン』でお馴染みボヤッキーの八奈見乗児やヒッチコックの声をやっていた人、あと『ハクション大魔王』の大平透とかが好き

でした。ちなみにあるラジオの仕事で出会った山田康雄のサインは未だに私の宝物です。好きなのはその辺の時代の人。神谷明とか、そういう新世代のはもう、なんというか受け付けない。大人になっても覚えていられる声じゃないんです。椎名へきるなんてもっての外なのです。というか、どんな声なのか想像もつきません。

で、話戻って野沢那智です。甘くて渋くて色っぽいいい声なんですね。吹き替えでいえばアラン・ドロン。アニメでいえば『悟空の大冒険』の三蔵法師。おかまっぽくアレンジしてたのが非常によろしかった。思えば昔の声優は広川太一郎にせよ愛川欣也にせよ、独自の工夫やアドリブがあって楽しかったなあ。

さて、その野沢那智が同じく声優の白石冬美と一緒にやっていた『バック・イン・ミュージック』という深夜の人気ラジオ番組に、中学高校と私はせっせと手紙を投稿しておったのです。葉書ではなく手紙です。何しろその番組はリスナーのお便りをおもしろければ十分でも二十分でも、野沢那智がいろんな声色で読み続けてくれるというもので、だから葉書では当然分量が足りないということで、レポート用紙にボールペンでびっしり五、六枚。私は「北九州の黒タイツ」というペンネームで随分読んでもらったものでした。足が毛深いから黒タイツ。ラジオの前に齧り付き、大ファンである声の達人に十分もの自分の作品を読んでもらっている時間、それはまさに至福の時でした。読んでもらったのは、泥酔して他人のうちの庭で寝込んだ兄の話、毛深さに悩んで脱毛ワックスを使った話、エトセトラ。うれしかったな本当に。漫画家になるのを夢見てデザインの学校に行き、絵の勉強こそすれ、小説も大して読まなかった私が何で今文筆の仕事を生業にできているのか、考えて見るとティーンエイジャーの頃、私はラジオで自然と文筆修行をしていたのかも知れません。一月に一本は書いていていましたから。

それはともかく、リスナーからの手紙を読んでないときの二人は、もっぱら舞台の話をしていました。

野沢那智は今はなき「薔薇座」の座長でした。で、当然芝居に関するエピソードが中心になってくると。それらは、今思うと赤面したくなるほどマバユイものでしたが、九州の田舎町で育ち文化的情報にもうとかった私の演劇への興味は、実はそんな所から育まれていったものだったのです。とくに薔薇座は翻訳ミュージカルをよくやる劇団で、当時『マイ・フェア・レディ』とか『サウンド・オブ・ミュージック』とか『王様と私』とかハリウッドのミュージカルが大好きだった（といってもオードリー・ヘップバーンが好きだったからに他ならないけれど）私は、舞台のミュージカルというものは、そして外人を日本人が演じるということは、いったいどんなものだろうと、若者らしくキラキラと夢をはせておった訳です。

あれから、私も大人になりいろんな芝居を観る機会に恵まれました。赤毛ものもいくつか観ました。四季とかも。

そして、つくづくあの頃とち狂って薔薇座に入ってなくてよかったと、胸を撫で下ろしている私が今ここにいるという次第です。

ぞっとするよ全く。危ない危ない。

※野沢那智さんはよく三茶で見かけるんだけど、どーしても声かけられないんだよね。恐れ多くて。みなさんにもいるでしょ。そんな人。

大人が話を聞いてくれるのです——私の通院雑記

ついに蓄積する不眠に耐えかね三十五才にして精神科通院デビュー。

眠剤がほしかっただけなのだが「不眠は全ての精神病に通ず」（風邪は万病の元、みたいなことか）とかいわれ、元から治しましょうとカウンセリングを受けている。たまたま精神病院を舞台にした物語を考えていたため取材の意味も兼ねて通うことにしたのだが、どうも先生ＡＣ（アダルトチルドレン）の研究家らしく、何かにつけ人をアダルトチルドレンに結びつけたがるのが、ちと、うざい。仕事柄その手の本は何冊か読んでいるのでおさらいをされているようでもどかしいのだが、なまじっかな知識をひけらかしやがってと警戒心をもたれても困るのでバカのふりして感心している。でも何だか知らない他人に自分のことをペラペラ喋るのは、喋り逃げみたいでいいものだ。大人。

大人の人に話を聞いてもらえるのはいい。どんどん先生に気に入られるように、これからは積極的にACになってみようか、とも思っている。

（ディクショナリー／1998年9月号）

※この雑誌、スネークマンショーの桑原茂一さんのクラブキングという会社から出てるんです。桑原さんにも一、二度お仕事でお会いしてるんだけど、やっぱりちょっと恐れ多い人だなあと腰が引けるのです。

そう簡単にキレてたまるか！——けっしてキレない演出家は、なぜ誕生したのか

もう十年、芝居の演出をやっている。
世間的に言って、舞台演出家のイメージというものは、酒場で喧嘩してタートルネック着てて偉そうで恐くて女優に手を付ける生き物であると、そういうマッチョなことになっているらしい。女優に手を付けられたことならあるにせよ、私は概ねそうじゃない。平和と子猫を愛しマンガとプレイステーションが大好きな、もう、柔らかくて甘いフワフワしたもののような三十五歳である。特に稽古場や劇場でヒステリックに怒鳴ったりする演出家とは鋭く一線を引きたい。怒鳴らなきゃ、そして、怒鳴られなきゃいいものが作れないなんて、ある種の甘えた関係だろうと言いたい。

私は怒られることが嫌いだ。いかにすれば怒られずにすむか、長年の研究の末、今の私がいる。怒鳴らず、怒鳴られずヘラヘラと、おもしろいい作品を作れる。そういうことを証明することによって、怒る奴ほど無能に見えるという図式を努力して築き上げてきた。

どんなに役者ができなくても、私はキレない。

そのストレスで時々胃を壊す。そう、命懸けでヘラヘラしている。あまりにもできない役者がいると、腹を押さえて床に転がったりもする私だ。そうなると、もはや平和なのか嫌味なのかわからないほどだ。しかし、なぜそこまでしてキレるのを回避しているのだと思われる方もいるだろう。

実は私には、かつてある酒乱の女性と同棲し、彼女に七年間もキレられ続けたという過去がある。酒さえ飲まなければ普通以上に大人しい女である彼女が、夜水商売の仕事で酒を飲んで帰る、それを家で待つ午前二時三時という時間の静かな恐怖は、いまだに身体の奥にしみ込んで忘れられない。寝て待つ、なんてとてもできない。「寝首をかかれる」「少なくとも目くらいはくりぬかれる」。

それが冗談ですまないくらい飲んだ彼女は凶悪だった。まずドアを開けるなり目付きがもう獲物を探す草原の肉食動物なのだ。なんかもう、ハンターハンターしている。狩られるっ。思ったときにはもう遅い。ただいまの代わりが「死ねっ！」。それがゴーサインだ。どかどかと部屋に入るや、私が過去にやったという覚えてもいないあれやこれやを根掘り葉掘りほじくりかえすことに始まり、それがいつしか怒号に変わり、やがて必ず号泣、そして刃物を振り回しての暴力、自傷、手首から血を流しながらなぜか最後は笑いだし、疲れて熟睡。翌朝何もなかったように「おはよう」。それがお気に入りのメニューだった。ある意味では、グルメなメニューだ。

そういうのが七年。週二回平均で続いた。

七年といえばもう、小学校を卒業しても一年余るのである。ブラッド・ピットがチベットにいた時間である。私は耐えたのだ。何のためかわからんが耐えた。いや、本当はわかっている。食わせてもらいたかったからだ。

ともあれ、こうしてキレにすこぶる強い演出家が誕生したのである。それはもう、筋金入りであって、こんな私が今更キレようわけがないのである。

（プレイボーイ／1998年6月号）

※『プレイボーイ』には若い頃お世話（竹下景子のヌードなどで）になっていたので快くひきうけました。

お色気120%♥のイケイケ事件帖
ウッフン刑事
松尾スズキ
待てー犯人!
ダーッ
よーし こうなりゃ奥の手…
ハァハァハァ
ピュー
それっ
バッ
ウッフーン♥
チラッ
ハァハァハァ
ハァハァハァハァ
完

第五章

脚本　祈りきれない夜の歌

祈りきれない夜の歌

オーディオ・ドラマ　2001年3月3日（土）22：00～22：50放送／NHK-FM

（制作：NHK名古屋）

配役

望月フジコ（15）姉　奥菜恵

望月泰司（13）　水樹洵

望月春子（41）母　秋山菜津子

望月はつ（67）祖母　佳梯カコ

両手放しの会・会長　同・一人二役

望月功一（43）父　松尾スズキ

立川欣一（32）　村杉蝉之介

泰司N（ナレーション）　たとえば日本は神の国だと、誰かが言った。こんな僕でも知っている。だけど、それについて僕が何か意見を言うことはない。姉の家庭教師の立川さんが母にべたぼれだということを僕は知っている。それについてももちろん僕が何か意見を言うことはない。暑い、寒い、うまい、苦い、悲しい、うれしい、おかしい、懐かしい、とどかない。この世に起こるすべての出来事に僕は口を挟まない。この痩せた体の上を平らな土地に吹く風のように、すべての出来事がわだかまりなく通り過ぎてゆく。僕にとってそれは生まれてからずっと当たり前のことだ。

はつ　いいじゃないか。世の中はままならなくてわずらわしいもんだからね。私たちだってどうすることもできないことはいくらでもある。お爺ちゃんが死んだときだってそうだよ。結局私たちには手を合わせて祈ることしかできなかったじゃないか。

泰司N　やさしい祖母、はつおばあちゃん。特になんの宗教を信じている訳でもない。それでも折にふれ手を合わせ人生の困難に祈りを捧げてきたおばあちゃんが、ときどき僕の顔を覗き込んで言うことがある。

はつ　だから泰司、おまえは幸せだよ。そんなふうにやりすごしてられるのは、幸せなことなんだよ。

泰司N　幸せ。祖母だけでなく、僕は人にそう思われることが、ままある。でも多くの場合、人は僕のこの有様を見て。

声　かわいそうに。

泰司N　と、ため息する。僕に一番ため息したは気の毒な僕の父だろう。

功一　罰が当たった！

号泣する功一。

功一　……俺のせいだ。俺の。俺があんなバカをやったから。こんな……こんな……。

泰司N　（功一の嗚咽の中）僕が一歳くらいの頃だろうか。初めての記憶の中で、僕の父、望月功一は思い切り、両手放しで泣いていた。

功一　……許してくれ。泰司。

泰司N　まあ、その日に限らず、父はお酒が入るとよく泣く人ではあって。

功一　（泣き声）ビデオの配線がどうしてもうまくいかないんだ！

泰司N　とか。

功一　（泣き声）なんで食べきれないのに大盛りを頼んだんだ。

泰司N　とか。思えば、そんなことでも泣いていた気がするが。まあ、話を戻そう。

功一　春子。俺が悪いんだ。
春子　よくないわ。こういうの誰のせいとか、何かのせいにするっていうの。そんなふうに考えるの。誰のせいでもないじゃない。よそうよ。よくないよ。
泰司N　これは、母。望月春子。今も気丈で明るくて前向きな、僕の大事な大事な母の十二年前だ。
功一　春子、坂口覚えてるか。大学の時俺とゼミが一緒だったあいつ。
泰司N　母と父は大学のテニス部で知り合った。
春子　うん。坂口。はい。覚えてるけど。
泰司N　母は選手で父は補欠だった。
功一　……だめだ。警察に捕まる。
春子　ええ？　何それ、そんな大げさな話？
功一　マリファナってわかるか？　法律で禁止されてる麻薬だ。
春子　知ってるわよ、それぐらい。
功一　学園祭のときな、俺は嫌だったんだよ、本当に、あのほれ、俺等の出店の番を泊まり掛けでやってたじゃない。タコ焼き屋の。
春子　うん。私はいなかったけど。
功一　あの夜な。坂口が俺等のテントにあれを持ってきたんだ。どこで手に入れたのか知らないけど。

度胸試しだって。

春子　マリファナを。

功一　ああ。

春子　やったの？　あなたが。

功一　やった。しかたないから、一口だけ。一服って言うのかな。でも気持ち悪くなって、吐いた。みんな、効いた効いたって踊ってたけど、あれは、無理をして見栄を張ってたんだと思う。効かないのが悔しくてそれで見栄を張ってしょうがなくて踊ってたに違いないんだ。踊れないだろうあんなもので。俺は、むしろ人生最悪の思い出と言っていい。今でも夢に出るよ、あの、タコ焼きプレートの上のゲロ。気持ち悪かったあ。

春子　……そうでしょうね。あれはあなたみたいな人には効かないって。なんか本で読んだ。

功一　……なんだい、あなたみたいな人って？

春子　うーん。楽しめない人とか？

功一　楽しめない？　俺が？　それ、どういう意味？

春子　いや、そのままの意味だけど。

功一　ええ？

春子　それは、まあ、いいから……それで？

功一　あん時のマリファナのせいかもしらん。
春子　何が。
功一　泰司さ……（再び泣く）体にわるーい感じがした。なんか、あれ凄くわるい感じがしたよ。なんだか、人間やめますか、って感じだよ。
春子　……そう。
功一　あれは、悪いよ。
春子　バカ？
功一　え？
春子　あなた。ほんとにそんなことのせいで泰司がこんなふうに生まれたと思ってるの？
泰司N　泰司とは当時一歳の僕のことだ。父の悪い遊びの罰で僕が生まれた。少なくともお酒が入ると父はそんなふうに考えた。
春子　よく聞いて。あなたに今必要なのは、そんな屁みたいなことでクヨクヨすることじゃないの。
功一　屁って。
春子　お金よ。ガッンと働いて。運命を見返してやればいいのよ。この子に必要なのも涙じゃない。まあ、あたしだって泣きたくなることはもちろんあるけど。それはなんの役にも立たないってわかってるからあたしは我慢する。お金なの。とりあえずほしいのは。実弾なのよ、実弾。

功一　実弾っておまえ。どこで覚えたんだ、そんな身も蓋もない言い方。

春子　泣いたりお祈りをしたり、もううんざり。あんたのお母さんだってそうよ。泰司に拝んだってしょうがないの。お地蔵さんじゃないんだから。あたしたちはね、体が動くうちに働けばいいの。闇雲に。一生お金稼ぐの。この子のために！　わかった？　……おしまい！

音楽。

タイトル「祈りきれない夜の歌」

泰司N　僕は、お金がかかる子だ。それがどういう原因によるものかは、僕の前で誰も語らないので、知らない。けれど、どうやら母のお腹にいるとき僕が重大な病気にかかったことだけは確かなことらしい。

医者　順調に育っていますか。

泰司N　二、三歳になるまで、僕はよく病院に連れていかれた。

医者　おつうじとか、特に異常はありませんね。

春子　はい。
泰司N　若かりし母は明るくこたえる。
医者　よく食べますか?
春子　ほんとにもう。
医者　もう、じゃあ、これから変わりないでしょう。
春子　……変わりない、というと。
医者　このまま、こういう感じで、泰司君は育っていかれると思います。よくも悪くもなりません。
春子　(明るく)……そうですか。
医者　はい。
春子　生きるんですね?
医者　寿命がくるまで。同じですよ、私たちと。いやあ。凄い生命力です。
春子　(明るく)はい。ありがとうございます。
泰司N　その日の帰り道、家の近くの細い緑道で初めて気丈な母が涙を流すのを見た。嗚咽を堪えながら彼女は黙っていたけど、その口元はこんなふうなことを言いたかったんだと思う。
春子　泰司どうしよう。お父さんとお母さんが死ぬとき、おまえ、生きてるんだよ。どうしようどうしよう。

泰司N　母は思わず植込の陰にしゃがみこんで、煙草に火を点けた。

春子　……（煙を吐きだして）思いつけ。……思いつけ、春子。一番いいこと、思いつけ。

泰司N　そう、僕はこんな感じで、人にもたれて生きてゆく。少し悲しいけど、僕には表情がない。言葉が口から出ない。今こうして喋っているのはもちろん頭のなかの話で、実際は。

泰司　（かなり不自由な感じで）……ああ。ああ。

泰司N　……こんな感じ。これが人が見る僕だ。自分の力では歩けないし、十秒と立っていられない。物をつかむ力もあまりない。体だけは普通に大きくなるけれど、生まれてこのかた僕にできることは赤ん坊みたいに誰かが口に御飯を持ってきてくれるのを待つことだけ。だから僕に接する人の多くは、こんなふうに語りかける。

声　（あやすように）わあ。泰司くん、大きくなりまちたねえ。

泰司N　誰も僕が頭の中で普通の中学生が普通に話せる程度の日本語を操っているなんて想像もしない。それは、やさしい祖母も賢明な母も医者も例外じゃない。僕を見るものは誰もが僕の心の芯まで。

泰司　ああああ。

泰司N　みたいなことになっていると信じて疑わない。

泰司　あああああ。

泰司N　でも、それはしょうがないと思う。だって、僕にとっても世界は目に入る情報だけで判断するしかないものだから。
テレビの音　……さて、次の問題です。
泰司N　僕の先生はテレビであって。
テレビの音　世界でいちばん長い川は何でしょう。
泰司N　僕はクイズショーで言葉を覚え、常識と呼ばれるものを身につけた。ちなみに答えはナイル川。
テレビの音　ピンポーン。
泰司N　僕の知識はテレビでだいたい事足りる。
テレビの音　今朝十時四十分ごろ伊豆諸島近辺でマグニチュード4の地震がありました。
泰司N　ニュースショーでは日本で起こっている大抵のことがわかった。

流行の音楽。

泰司N　まあ、僕が音や映像に反応するという理由でいつも付けっ放しのテレビを見ていれば、いろんなことがわかる。最新のヒットチャートを僕が空んじているのを誰も知らない。でも、僕は知っている。最近十七歳が危ない。いろんな企業のいろんな食品が腐っていたり虫が入っていたりする。警察は相変わらず不祥事が多い。医者は致命的なミスを繰り返す。今日もどこかで子供が親に殺された。僕はテレビで見たあれやこれやで心のなかに世界を組み立てる。そう、僕には世界がある。そのことを誰も知らない。だって何しろ僕の口から出るのは。

泰司　あああ。あああ。

泰司N　しかないのだから。

泰司　ああ。ああ。

泰司N　と呻きながら表情のない、と言われる目蓋をパチクリさせるしかないのだから。……もっとも十歳になるまで、僕は自分のこの身の不自由が、どうも生きていくに芳しくないものであることに気付いていなかった。なんて愚かなんだろう。家族や親戚は僕を宝石のように大事に扱ったし、中には哀れみの視線を向けるものもあったけど、不勉強な僕には哀れみを受けるということが屈辱なのかどうかすらよくわかってなかったし。言っちゃあなんだけど、僕は、あれしてもらってこれしてもらって、とってもなんだかパーフェクトな世界にいたんだ。でも、僕は、やがて不自由の意味を、はっきりと知ることになる。知って愚かな自分に気付くことになる。ここで登場するのが僕の不幸な義理の姉フジコだ。

電気を付ける音。

フジコ　こら、泰司。起きてるか？

泰司N　フジコ姉さんが僕に、僕のこの不自由をすべて教えてくれた。

フジコ　起きてるのか寝てるのかはっきりしろ、この……難しいんだよ、おまえは。微妙な顔してさ。いい？　何度も言っとくけどさ。あたしはこんなチンケな家にいて腐ってる女じゃないんだからね。本当は今頃とっくに歌手になってるはずなんだから。ああ、あたしは不幸だ。あんたのせいであたしは不幸だ。ええ、ええ。あたしは不幸でございます。

泰司N　フジコ姉さんは僕より後に望月家にやってきた。いわゆるもらい子だ。父親の借金が元で家族が離散して、何年も親戚をたらい回しにされていた彼女は、巡り巡って遠い遠い、血のつながりすらない我が家に辿り着いた。この、不幸が口癖の可哀相な姉の額には十五歳にしてくっきりとした縦皺が刻まれていた。

フジコ　あたしは不幸だ。あたしは不幸だ。本当にあたしは不幸だよ。いいよね。せめて言わせてね。いいでしょ、他人のあんたのウンコの世話を毎日してやってんだからさ。そもそもよくそんなすました顔でさ、人前でウンコできるね。大物だよあんたは。大器晩成型って奴？　偉くて臭いよ。偉臭いよ。悔しかったらかかっておいで。できないだろ？　あんたはあたしのすべてを奪うために生まれてきたんだよ。ああ、そんなあんたを世話して世話してあたしは本当に幸せさ。って言わなきゃいけないあたしは本当に不幸だ。あたしは、もう、本当に不幸にまみれてるよ。もう便所で鏡見たら不幸輝きしてるよ。不幸で不幸でピッカピカだよ。

泰司N　姉のこの素晴らしい言語感覚はもったいないことに部屋で二人っきりになったときに繰り返される僕への愚痴と罵倒にしかいかされていなかった。ただ、彼女のおかげで僕はこの身の不自由が人に迷惑をかけるものであり、人に迷惑をかけるということは結構不幸なことであることを、やっと知ったんだ。

フジコ　明日も愚痴るよ。覚えとけ。弟。

キスする音。

フジコ　おやすみ。

電気を消す音。

泰司N　フジコ姉さんは僕の食事とウンチの世話をするために我が家にもらわれてきた。その日のことは今でもはっきりと覚えている。

望月家リビング。

ピアノ曲。

春子　どう?ここが今日からあなたが住む家よ。モーツァルトはお好き?

フジコ　はい。……モーツァルト。はい、巻き毛の人ですよね。ぴったりしたタイツをはいてますよね、フフフ。わあ。ひろい。

春子　広いったって只の3LDKのマンションよ。でも自分の家だと思って自由にして頂戴ね。

はつ　そうよ。もう、あなたは泰司と同じ。うちの子なんだからね。

フジコ　ありがとうございます。あたし、こんな綺麗なお家生まれて初めてで……。

春子　もう、いろんなとこ行って片身の狭い思いしなくていいのよ。

フジコ　うれしい……。うれしいです。ふふ。

はつ　フジコさんは歌を歌うんだってねえ。

フジコ　あ、……いえ。

功一　オーディション荒らしだって話だぞ。
フジコ　ええ？（照れる）いやだ……誰から。
功一　フジコちゃんが歌手になってくれれば我が家は安泰だなあ。なあ春子。
春子　そうね……まあ、夢みたいな話はとりあえず、おいおいということで、ちょっと座ってくれる？
　あ、あ、いろいろさわんなくていいわよ。泰司が怪我しないように工夫して置いてるんだから。
　いい？　まずかざりっけのない話をしとかなくちゃね。
フジコ　……はあ。
はつ　春子さん、なにも着いた日に。
春子　だって、お義母さん。後で話が違うってことになったら、お互いによくないじゃないですか。
　ねえ。
フジコ　あの。
春子　はい？
フジコ　どういう……ことでしょう。あの……。
春子　お母さん、て呼んでいいのよ。
泰司N　そして、フジコ姉さんの人生最高の瞬間はあっさり我が家に到着して一分で終了したのだった。
春子　ま、早い話、ギブアンドテイクっていうの？　利害関係ってものがあると思うのよね。それはもう、本当の親子も同じ。親はいつもこう思っているわ。こんなに育ててやったんだから。子供もそう。産んでくれなんて言ってない。家はね、そういうのモヤモヤさせないの。心の中だけで。

フジコ　あの。……とても感謝してます。血もつながってない私を引き取っていただいて。

春子　OKOK。躾がいき届いてる。大変グレイトです。でも感謝はいらないわ。私たちだってありがたいんだから。家はね、ほら、彼、まだ紹介してなかったわね。泰司。ほら、新しいお姉ちゃんに挨拶しなさい。よろしくお願いしますーって。

間。

泰司　……あああ。ああ。

フジコ　あ……こんにちは。

春子　彼が産まれてから家はどうしてか子供ができなくて。

フジコ　はあ。

泰司N　それは小さな嘘だった。僕の体がマリファナの天罰でできていると信じている気弱な父は二人目の子供を作る勇気がなくなっていたんだ。

春子　でも、望月家はこれで終わる家じゃないの。あなたにはしっかり勉強して私たちと同じいい大学行っていいお婿さんをもらってもらいます。で、いい子供産んで、いい大学にいかせて、あと、ずーっとそんな感じよ。ね。歌手、うんぬんかんぬんは、ま、冗談にして頂戴。

功一　おまえ、もうちっと穏やかな言い方できないの？

春子　穏やかな言い方したらこの子歌手になれるの？

功一　（詰まって）だ。も……た。

フジコ　あの、いいんです。いいんです。あれ、冗談なんです。オーディションとか、友達と冗談で受けただけですから。ほんと、もう、そんな気にするような話じゃないんで。えー？　それより、大学行かせてもらえるんですか。わあ。夢みたい。

春子　歌手よりは現実味のある話よ。

フジコ　そうですね。そうですね。だって、歌手なんて、ほんの冗談なんですから。

泰司N　その時のフジコ姉さんの顔を思い出すと今でも涙が出そうになる。必死。とはああいう顔を言うのだろうか。僕には多分、一生必死な顔はできない。

春子　ただ、あなたを大学にやるためには私は働かなくちゃいけない。家も決して豊かとは言えない家庭ですからね。明日から保険の外交を始めることになってるの。だから、まあ、ぶっちゃけて言えば、あなたには一日家にいて泰司の世話をしてほしいって話。この子、ほら、なんにもできないから。

フジコ　……はあ。

はつ　私がもう少し、元気だったらいいんだけどねえ、もう、腰がバカになっちゃって、ほれ、寝込んじゃ起きて寝ちゃ起きてってあれだから。泰司の体も大きくなってきたし、手に負えなくて。お風呂に入れるのも重労働だもの。

春子　フジコさん。あなたも助けがいるでしょ。私たちにも必要なの。わかるわね。あなたには家庭教師を付ける。高校と大学の受験資格は自宅で勉強してとりなさい。その代わり不自由はさせないわ。どう？　フィフティー・フィフティーじゃない？

間。

フジコ　はい！　素晴らしい提案です。私一目見て泰司君に好感持っちゃいました。だってかわいいんですもん。

春子　そう！　泰司はかわいいでしょ。かわいいのよ。それが重要。それが救いよ！

フジコ　はい！　お母さん、お父さん、お、おご。

はつ　おばあちゃん、って、呼んでいいんだよ。

フジコ　おばあちゃん、私、勉強に泰司君の世話に、一生懸命頑張ります。私、この家が大好きです！

家族の歓声。

功一　こりゃあ、頼もしいわ。

はつ　やれやれ、これで万事収まる。

フジコ　あははは。あははは。

泰司N　その夜遅く。僕の部屋にベッドをあてがわれた姉は、密かに電気スタンドのスイッチを入れて僕の顔を覗き込んだ。

フジコ　……終わった。

間。

フジコ　……終わったよ。あたしの人生終わったよ。これで万事収まるだってやんの、あのばばあ、いけしゃーしゃーと。ねえ、これってどう違うの？　泰司君。ねえ、かわいい泰司君。驚いたね。奴隷制度は生きてたね。あたしはさ、あんたの奴隷とどう違うの？　説明してくれる？

泰司N　それから、姉のこの儀式は毎日欠かさず続いた。
フジコ　明日も愚痴るぞ。覚えとけ。弟。
泰司N　なぜか。ここにくる前にどこかで身につけた習慣だろうか。そうやって悪態をついた一日の終わりに、彼女は必ず僕のほっぺたに柔らかいキスをしてくるのだ。
フジコ　おやすみ。バカ。

キスの音。
電気を消す音。

泰司N　……さて、そろそろこの物語の陰の立役者で、フジコ姉さんの家庭教師、立川欣一先生に登場してもらわなければいけない。
立川　フジコちゃん。今日はおばあちゃんは？
フジコ　あ。病院です。腰の。温熱療法とかいって。
立川　あ。……そう。
フジコ　（弾んで）今、お茶入れますね。

立川　あ。ありがとう。
フジコ　暑いから、麦茶にしますよ。ムギチャって言葉かわいいですよね。先生みて、あたしムギチャっていうとき目がバッテンになるんです。ムギチャ。
立川　あ。うん。そうね。バッテンになるんだ。（遠くに）宿題は終わってる？
フジコ　（笑う）もちろんデス。

お茶を注ぐ音。

フジコ　窓から蟬が飛び込んできたんですよ。ふふ、もう、九月なのに。びっくりしちゃった。凄い、死にかけてる蟬って元気ですよね。
立川　ああ。そう。
フジコ　ジジジジ言って。凄い、大暴れ（笑う）いっぱいいっぱいって感じで。完全にてんぱってますよね。
立川　ああ、そう。
フジコ　逆ギレですよね。
立川　ああ、そう。断末魔って奴かな。

泰司N　この、「あ、そう」が口癖で表情に乏しい三十男は、有名大学を卒業しながら、就職を見付け損ねたまま未だに親がかりのアルバイト生活を送っている。我が家へは父の紹介でやってきた。父と彼の意外なつながりは後でわかる。彼が母の前向きな行動のおかげでとんでもない目に会うのも、そのもう少し後のことだ。

立川　じゃあ今日はね、鎌倉幕府の将軍の名前を全部書き出して暗記して。

フジコ　はい。

立川　暗記したところで終わりにします。

フジコ　はい。

泰司N　立川先生の授業は勉強をしたことがない僕から見てもかなりいい加減なものだと思う。ところが姉は……。

フジコ　ねえ、先生。勉強っておもしろい。あたし、転校転校でまともに勉強したことがなかったから。

立川　あ。そう。

フジコ　……ふふ。おもしろい。

立川　あ、そう、勉強ってそんなおもしろい。

フジコ　立川先生ですよ。いつも、あ、そう、あ、そうって。

立川　あ。……ふうん。

フジコ　あ！　我慢した。今、あ、そうって言うの我慢した。
立川　いやいや。
フジコ　嘘嘘。我慢しまーした。
立川　いやいやいや。
フジコ　（うれしそうに笑う）
泰司N　姉は、どう考えても立川先生に恋をしていた。物心ついた頃から借金生活のお荷物として適当に扱われ、愛情に乏しい日々を過ごしてきた彼女にとって、一日自分だけに付きっきりになってくれる人間を好きになってしまうのは当然の成り行きだったのかもしれない。たとえ、彼が身長百五十五センチの小太りの小男で頭頂部の薄い全体的に雑なつくりの三十男でも、そんなことは関係なかった。姉は、かまってくれる人に飢えていたんだと思う。……ある夜のことだ。

電気を付ける音。

フジコ　こら、泰司。ウンコ弟。起きてる？　まあ、起きてても寝ててもおんなじだけどさ。とりあえず横に寝ていい？　なんか寝付けなくてさ（ゴソゴソする音あって）……ねえ。あんたは人をさ、好きになったことなんてないでしょ。（ため息）気楽な顔してさ。うーん。十五と三十。十五と三十。倍だもんなあ。あたしが五十になったとき百だもんなあ。

泰司N　姉は数学が苦手だった。

フジコ　無理かなあ。付き合ってくんないかなあ。やっぱり先生も笑う？　あたしがシンガーソングライターになりたいって言ったら。あーあ。沖縄行きたいなあ。沖縄行ったらあたしみたいなガキンチョでも歌手になれるかも知れない。ブスでもデビューしてヒットとばしてるじゃん。あれ、沖縄の力よね。なんかね、気温の問題が左右してるかも知れないよ。そんな気がするじゃない。

泰司N　僕はウトウトしながら、でも、万が一姉が歌手になれたら、とりあえず絶対立川先生とは付き合ってないだろうなと思った。

フジコ　先生とデートしたいなあ。

泰司N　姉はその時、まだ知らない。

フジコの歌。

たったひとつ聞こえた月からの言葉
私の耳は昔からいい

絶対だった約束嘘だとわかるから
幸せをとるなら忘れるといい
魚の頃からの血筋を思い出し
ベッドに一月うつぶせ想う

なかったことにしよう

フジコ　泰司。どうよ？　この歌。初めて聞かせるけどあたしが作ったんだよ。先生、好きかな、こういうの。
泰司N　姉は知らない。恋する三十男がその頃、……母に夢中だったことを。
リビング。ピアノ曲。茶を注ぐ音。
春子　先生、すいませんねえ。なんか授業のない日にまで呼び出したりして。
立川　いえ、そんな、もう、僕は圧倒的に暇なんで。あの、今日は旦那さんやフジコちゃんたちは。
春子　いないの。主人の父方の法事でね。

立川　……はあ、奥さんはいいんですか？
春子　いいの行かなくて。旦那と出会う前の話だから、あっちのお父さんが死んだのは。知らないんだもん。（少しいろっぽく）いけない？
立川　い、いや、理屈としては全然、いけなくないです。ええと……あれですよね。保険の話ですよね。
春子　そう。やっぱりね、よくないと思うのよ。三十過ぎた人間が保険に加入してないというのは。年取るとどんどん掛け金が増えてくしね、人間いつなんどきっていうのがある訳だし、特に、立川さんはホラ、保障のあるね、生活でもないわけだし。
立川　そうですね。それは。はい。
春子　ぶっちゃけた話、魅力あるわよ。
立川　魅力？
春子　とりあえず掛け金のでっかい男は。
立川　そうですか。
春子　うん。肩幅が広い感じがする。
立川　はあ。肩幅が。
春子　どーんとしてるよね。でかい保険に入った男って。足音がでかいよね、きっと。あと、定食にもう一品つけるよね。ああ。

泰司N　母は、立川先生が自分に恋していることに多分感づいていたのだと思う。とにかく彼女は僕の養育費と姉の学費を稼ぐために必死だった。

春子　まあ、種類といえばイロイロある訳。入院した時に保障の多いタイプとか、ああ、立川さんには個人年金タイプもいいよね。これは貯蓄代わりになるし。あ、立川さん、ちょっと太めだから成人病ケアもしないと。ガン、心臓、脳梗塞、うーん、あなたは脳ね。確実にくるわ、脳。ふたつのタイプの組み合せもあるし。安い掛け捨てコースもあるけど、それよりは……。

立川　おまかせします。

春子　え？

立川　あの、奥さんの、点数になる奴。奥さんの職場の点数がよくなる奴で。

春子　……そんな生々しい話。

立川　気にしないで。もう、十分生々しいですから。

春子　……はは。

泰司N　母の前では先生の「あ。そう」は、出ない。

春子　じゃあ。……（考える）つーつつつ、と。

立川　どーんといってください。

春子　……どーんと。いいの？
立川　僕の家庭教師代、僕に渡さないでそのまま掛け金に使ってください。
春子　……ええ？　まじ？
立川　まじっす。
春子　いいの？
立川　かまいません。僕、母親に小遣いもらってるから。
春子　えー？　お母さんに小遣いもらってるんだ。わあ、いいんだあ。あたしもお母さんからお小遣
もらいたーい。買い食いするんだー。のどアメ。
泰司N　母は少し無理をしていた。
春子　じゃ、さ、三千万円の死亡保障タイプにしましょうか。
立川　はい。
春子　受取人は親御さんでいいのね。
立川　奥さん。
春子　はい。
立川　僕の背中、どーんとしてきました？　足音でかくなりました？
春子　……うん。まあ、ふふ。

立川　代わりにと言っちゃなんですが、お願いがあるんです（意味ありげに）ふふふ。
春子　……ん？　何？
立川　今度ね、旦那さんの御発表があるんです。
春子　え？　何、御発表？
立川　両手放しの会の。
春子　両手放しの会？　ねな、何、それ？　何を言ってるの？
立川　僕の母がやってるんです。今度一緒に行きませんか。あ、泰司君も連れていきましょう。こういう子が行くと喜ばれますから。
春子　……どういうこと？
泰司N　その後何日かして、僕は母と先生に、その両手放しの会なるものへ連れられて行くことになる。体育館ほどの大きさの講堂に三百人近くの人間が集まると、ラメラメなドレスで着飾った小柄で小太りの女性が現われて、人の道やら人の在り方についてとうとうと語り始めた。
ホール。
なにか、癒し系の音楽。

女の声　現代人は常に理性や常識という名のハンドルを握り締めて生活や感情、ましてや愛情までをもコントロールしています。

泰司N　そのおばさんは立川先生そっくりだった。

女の声　どうかひとつ、この両手放しの会では、そのハンドルを放して、理性を解放し人間の本当の性、本性ですね、そういったものをさらし、多いに泣き、笑い、両手放しで自分に向かい合ってください。心を両手放しにしてこそ、人と人、ひいては宇宙の愛や感動を、受けとめることができるのです。ここにいらっしゃるのは、みな、自分が不幸だとお思いになっていらっしゃるかたばかりです。両手を合わせて祈っても、祈りたりないかたばかりです。祈り、が通じないなら、むしろ世界に両手を広げましょう。すべてを受け入れましょう。

大拍手。

泰司N　十代の僕の目から見ても胡散臭いそのおばさんの演説に会場の人々は手を叩き目に涙を浮かべて聞き惚れていた。

アナウンスの声　立川映子先生のご挨拶につづいては会員番号四二一番、北区の望月功一さんの御発表です。

泰司N　おばさんの話が終わって壇上に現われたのは、なんと僕の父親だった。
功一　（マイクで）みなさん。私の息子は第一級の障害児です。
春子　……あなた……。
立川　そうです。旦那さんはここの熱心な会員なんです。
泰司N　舞台に立った父はすでに涙目で、障害を持つ息子の家族の悲しみを切々と語った。父の御発表を聞きながら、母は震える手で車椅子に乗った僕の手を握り締めていた。
春子　なんなの、これは。
功一　（涙涙）私はしかし、泰司を愛しております。妻を母を、養子のフジコを愛して……愛しております。一生、私は一生……う。私があの時麻薬におぼれなければ……。
女の声　つらいんです。功一さん。あなたはつらいんです。家族を愛して生きてゆくことが。人を愛することはたやすいことではありません。困難です。愛とは困難なのです。もっとつらがっていいんです。両手放しで。
功一　つらい！　私はつらい！　愛してる！　だけど、つらい！（号泣）愛はつらい！
女の声　みなさん。つらがって。一緒につらがって。両手放しで、つらがって！

大拍手。会場中「つらい、つらいねえ」の嵐。

以下、春子と立川、小声で。

春子　何をやっているの。この人たちは。

立川　（歓声のなか）あれが僕の母です。奥さん。僕は母の紹介で、あなたの家に来たんです。

春子　知らなかった。

立川　隠してたんでしょう、旦那さんが。

春子　……バカ。

立川　そうです。

春子　ここにいるみんな、みんな、バカよ。

立川　はい。みんなバカです。見たまんまです。

春子　（涙）なんでこんなものを見せるのよ。

立川　奥さんが、旦那に愛想を尽かせばいいと思って。うんざりでしょ、あれ。ね。それで、僕とやりなおせばいいと思って。

春子　ええ？

立川　僕、泰司君とか、全然平気ですよ。面倒見ますよ。

春子　ちょっと待って。
立川　……（冷静に）愛してます。初めて会った時から。気付いてないとは言わせません。
春子　あ、あんただって、ここの一味でしょうに。
立川　僕は、仕方なくここにいるだけです。母の傍にいれば、生きていけますから。
春子　間違ってるわ。
立川　何が？
春子　あんたはきっと、弱みに付け込もうとしてるの、あたしのね。
立川　はい。
春子　はいなんだ、でも、おあいにく様、あの人の愛想なんてね、始めからつきてるの。愛想のつきたところから私たちは始まってるの。だからタフなの動かないの。
立川　この間の僕の保険金の受け取り、フジコちゃんに書き替えます。
春子　え？
立川　僕が死んだら、その金でフジコちゃんが泰司君の面倒をみる。どうでしょう。あなたの先の先の未来に、命、あげます。
春子　……あなた。
立川　こんな絆の作り方しか、僕にはできないんです。

以上のような会話の間、会場の人々によってこのような輪唱がなされている。

愛はつらいんです。生きることはつらいんです。学校はつらいんです。仕事はつらいんです。冠婚葬祭はつらいんです。ケガや病気はつらいんです。免許の取得はつらいんです。苦手な食べ物はつらいんです。アトピーはつらいんです。喘息はつらいんです。アレルギー性鼻炎はつらいんです。長時間の正座はつらいんです。成田まで行くのはつらいんです。わからない冗談はつらいんです。住宅ローンはつらいんです。保証人はつらいんです。自己破産はつらいんです。学級閉鎖はつらいんです。ガンコな汚れはつらいんです。すっぱすぎるミカンはつらいんです。たんすに小指をぶつけるのはつらいんです。劇団のノルマはつらいんです。永遠の独身はつらいんです。田んぼに長靴がズボッとはいってぬけない状態はつらいんです。

功一　……（マイクのまま）春子。

泰司N　その時、気の小ささの代わりに神から授かったように視力のいい父は、なんとこの広い会場の隅の隅にいた母を百メートルも離れたステージから発見した。

功一　……どうして来たんだ。

騒つく会場。

春子　あなた……帰りましょう。

功一　（マイク）春子。話を聞け。

春子　これは、悪い夢なの。悪い夢だわ。

功一　（マイク）これが、俺なんだ！　情けないが原寸大の俺なんだ！

春子　悪い夢よ！

泰司N　……本当の悪夢は騒ぎの帰り道、この後すぐおとずれた。

道路の騒音。

泰司の車椅子を押しながら歩いている春子と功一。

春子　別れましょう。

功一　何を言うんだよ。

春子　もう、うんざりなの。泣き言は。
功一　だから、家ではもう泣いてないじゃん。
春子　お金かかるんでしょ？　あれ。泣くならただで泣いてよ！　家で泣くのはただじゃない。
功一　また、身も蓋もない。……まあ、待て。替わろう。
春子　何よ。うるさいな。
功一　泰司の車椅子。押したいんだ。
春子　いいの。
功一　坂だから重いだろ。ホラ、貸しなさい。
春子　いいってばちょっと。……あ。
功一　危ない！

車のクラクション。
ゴロゴロと車椅子が転がる音。

泰司N　母の手から離れた僕の車椅子は、おもしろいほどのスピードで坂を転がり落ちて行った。もちろん。

泰司　ああ。……あああ。
泰司N　悲しかった。僕はこれほどの恐怖の中ですらものすごく説得力のない声しかだせない。
功一　泰司ー！
激しい車の急ブレーキ。
春子　きゃあああああ！
病院。
号泣する人々。
泰司N　病院の廊下のドアの向こう。緊急治療室のベッドに意識不明で横たわっているのは哀れな僕の父である。父はダンプカーに衝突しそうになった僕の車椅子を間一髪で跳ねとばし、代わりに自分がはねられた。車椅子は急カーブを描いて道路脇の電柱に激突したが、僕は奇跡的に無傷だった。せめてこれが逆だったら。そう思った人間も何人かいるだろう。僕は、無力で、そして、残念ながら、すこぶる運がいい。

走ってくる音。

はつ　（息を切らせて）功一！　功一は……無事なのかい！

男1　あ！　功一さんの、お母さんですか。

女1　どうか。気を強くもとうなんて思わないでください。

はつ　え？　だ、誰です？　あんたたち。

女2　思い切り悲しんであげましょう。

男2　泣きましょう！　両手放しで。

はつ　ええ？

春子　ああ、お母さん。

はつ　春子さん、この人たちは。

春子　ちょと。こっちへ（物陰へ連れてゆく）。

間。

春子　両手放しの会の人たちです。

はつ　両手……なんだいそれは。

春子　あの人の入院の手配やら何やらやってくれたの。私はいいっていったんだけど。

はつ　そうなの。じゃあ、挨拶に。

春子　それだけじゃないんです。

はつ　なに？

春子　あの人。あの会に結構な額の借金があるらしいんです。

はつ　ええ？

春子　よくわからないんですけど、なんかいろいろお金がかかる会らしくて。

はつ　……なんでまたまあ。なんか、宗教みたいなもんなのかい？

春子　さあ、あんまり、あの人たちのこと考えたくないんで。考えた分だけ頭悪くなるような気がして。……どうします？

はつ　どうしますって、何が？

春子　私たちがあの会に入ったら、それが帳消しになるって。

はつ　は、入っちゃったのかい？
春子　だって、もう、たたみかけられるようにみんなで取り囲んで言うから。

ドアが開く音。

看護婦　ご家族の皆さん、いらっしゃいますか。
はつ　はい。母です。
看護婦　……名前を呼んであげていただけますか。
春子　え？
看護婦　危険な状態です。
男1　私たちも一緒に。
看護婦　ちょっとなんですか。
女1　大いに泣きましょう。望月さんのために。
男1　わめきちらしましょう。床にころがって。
看護婦　いや、あの、わめきちらされても困るんですけど。
泰司N　両手放しの会の人々は看護婦さんの止めるのも聞かずドカドカと父の治療室に入ってきておの

おののスタイルで泣き始めた。

泣く人々。

ピッピッと維持装置の心拍音。

はつ　功一！　なんて姿になっちまったんだいおまえは……ひどいよ、まあ（泣く）。

男2　お母さん。さあ、泣いて。

女1　泣いて泣いて。

はつ　言われなくたって泣いてますよ！

春子　（小声で）お母さん。だめなんですって、それ。

はつ　なんだい。

春子　手を合わせちゃ。

はつ　どうして？　私はいつだってこうしてるんだ。ほっといておくれよ。

女2　だめですよ。お母さんは私たちの会に入会したんですから。

男2　うちは両手放しの会ですから。

はつ　お、拝んじゃいけないってのかい。

看護婦　みなさん、ちょっとだけ静かに。
春子　（小声で）借金を立て替えてくれたんですよ。
はつ　そんな。そんなのないよぉ。私はいつだって……。昭和の時代からこうやってきたんだよ。親が死ぬときもお爺さんが死ぬときも、あたしはなんにもできなかったんだから。自分の息子だよ。ねえ、なんにも、手を合わせるほか、なんにもできないんだよ。お願いだよ。
男1　お母さん。なんにもできない。それが、人間なんです。高望みしちゃいけません。
はつ　うるさい。あんたに何がわかるっていうんですか！
医者　あの、すいません。
間。
医者　ご臨終です。
間。
全員号泣。

はつ　功一～！　よそ見してたよ～！　なんで見てないときに死ぬんだよー。
男2　お母さん。だめです！
男1　両手放しで。
女1　もっと素直に！
はつ　はなしとくれよお（号泣）。

音楽。

泰司N　人生の節目節目で、人に、草花に、空に、そしてなすすべのない人生に、折にふれ拝みつづけてきた祖母は、ついにその一番の拝みどころで、手を合わせることができなかった。母も泣いていた。フジコ姉さんも泣いていた。……部屋の隅に忘れられた、車椅子の僕は、一人密かに体中の力を振り絞って、哀れな父の御霊に手を合わせた。優しくしてくれたお婆ちゃんのために。はたからはそうは見えなかったかもしれないが。僕は、頑張った。生まれて初めて、頑張ってお祈りをしたんだ。

春子　……思いつけ。思いつけ、春子。……いいこと思いつけ。
泰司N　ところで、皆が泣く中、母はすでにブッブッと次のステージにすすもうとしていた。そして一年後、母は人生のウルトラCをやってのけたのだ。

ウェディングマーチ。

神父の声　あなたは、立川欣一の妻になることを、誓いますか？
春子　誓います。

拍手。

泰司N　その結婚式に、可哀相なフジコ姉さんは出席しなかった。……さらにその一週間後のことだ。
ニュースの声　今日未明東京大田区の立川欣一さんが近くの川で水死体で発見されました。司法解剖の結果、遺体からは大量のアルコールが検出され、警察では酒に酔って転落したものと見て捜査を続けております。

泰司N　……ことの真相はわからないし、わかりたくもない。ただ、姉フジコ名義の保険金三千万円と、結婚直前に立川先生が新しく加入した受取人が母の名義の生命保険五千万円が、我が家にほどなく転がり込んだ。それは事実だ。

春子　……これで、なんとかなる。

泰司N　母は、密かに、ため息を吐いた。

春子　絶対に、なんとかなる。

電気のつく音。

泰司N　それからしばらくして、いつものように夜遅くのこと。ベッドの僕に姉が話し掛けてきた。

ドサドサと札束の音。

フジコ　わかる？　バカ泰司。これ、あたしのお金だよ。内緒でおろしてきたんだ。一千万。大変だったんだから機械で何度も。ねえ、いい? あたしは、今夜この家を出ていく。わかるでしょ? 沖縄にいくんだ。歩いて羽田まで行って始発の飛行機に乗る。もう、困らないでしょあたしがいなくても。

泰司　ああ。ああ。

フジコ　お金があるんだから。ボランティアを雇えばいいじゃん。……じゃあね。さようなら。

泰司N　さようなら。と言っておきながら姉は立ち去ろうとはしなかった。

フジコ　泰司。知ってるよ、あたし。

泰司　あああ。

フジコ　お父さんが死んだ日。あんた、手を合わせてたでしょ。あたし、見てた。……あんたの頭、からっぽじゃない。

間。

フジコ　違う? あんた、嘘つきだね。ねえ、クイズだよ。あんたのお母さんの名前はダイアナ・ロス。正解だったら一回。不正解だったら二回、手を叩きな。

間。

弱々しく二回、手を叩く音。

フジコ　……次の質問です。立川先生は、お母さんが殺した。

静寂。

フジコ　……（静かに）じゃあ、私が殺した。

静寂。

フジコ　……（笑う）頭いいんじゃん。だまるが花さ。頭いいよ、おまえ。見てたんだね。あたしたちのこと、ずっと、見てたんだね。

手を二回叩く音。

フジコ　ふふ。今、思いついた。どう。私についてこない。あんたが今までしたことない思い、いっぱいさせてあげるよ。大変なことになるかもしれない。でも、安心しなよ。あんたは幸せだって不幸だって、同じリアクションしかできないんだから。……あんたは強いよ。ふふ。世界で一番強いかもしれない。一緒にきたかったら、一回だけ、手を叩きな。

泰司N　僕は、考えた。

フジコ　あたしについておいで。

泰司N　僕は考えて考えて、そして……。

手を叩く音。

フジコ　（静かに）ＯＫ。

車椅子を押す音。

泰司N　……ずいぶん冷え込む夜明け前だった。姉はなぜかご機嫌で、僕の車椅子をグングンと押し続けた。

フジコ　ねえ、障害を持つ弟を世話しながら歌手への夢を追い続ける少女。これって結構売りにならない？　おまけに軍資金は使いきれないほどあるときてるんだから。

泰司　……ああ。あああ。

フジコ　ふふふ。あたしさあ。売れちゃうんだから。売れたってあんたに毎日、キスしてあげるからね。だって、あんたはあたしを選んでくれたんだもん。あたしにかまってくれたんだもん。

九ちゃんの「スキヤキ」のイントロ流れ始める。

泰司N　そして、僕たち他人同志二人の、新しい旅が始まった。これまではいろんな出来事が、僕の萎えたからだの上を風のように通り過ぎていった。でもこれからは、その風はいつもきっと、ちょっとだけ僕の前で立ち止まる。……僕は、世界に、関係ある。僕は、関係あるんだ。

車椅子を押しながら、フジコ、歌う。

上を向いて歩こう　涙がこぼれないように
泣きながら歩く　ひとりぼっちの夜

歌、つづいて――。

編集
兵庫慎司

編集補助
黒沢利絵、橘中佐和

装丁・デザイン
田中力弥

デザイン
金英心

表紙装画
株式会社東京宣伝美術社

永遠の10分遅刻

二〇〇一年三月二十四日　初版発行
著　者　松尾スズキ
発行者　渋谷陽一
発行所　株式会社ロッキング・オン
　東京都渋谷区桜丘町二〇-一
　渋谷インフォスタワー一九階
　〒一五〇-八五六九
電　話　〇三-五四五八-三〇三一
FAX　〇三-五四五八-三〇四〇
印刷所　凸版印刷株式会社

ISBN4-947599-90-1 C0095 ¥1300E